加藤 元

ロータス

実業之日本社

実業之日本社文庫

目次

第一章　サナダ

愛なんて言葉、むずがゆくて使ったことないけど、
この先も使わない、使えないと思うけど、
でも、すごいもんなんだなあ。

このたびは、ロータス交通をご利用くださいまして、ありがとうございます。運転手の木村《きむら》です。目的地まで短いあいだのお時間ではありますが、どうぞよろしくお願いいたします。


おひさしぶり、ですね。

どのくらいになるかなあ。半年ぶりくらいでしょうか。いや、この前、おれのタクシーに乗ってもらったときも、ユリアさんは半袖を着ていましたもんね。となると、一年近いのかな。

今夜、お店は忙しかったんですか？

そうですか。商売繁盛ならなによりです。これから先もまたごひいきにしていただけたら、おれも商売繁盛。お互いにうはうはですね。

娘さんはお元気ですか？　高校生でしたよね。え、働きはじめた？　あれだけ学校が嫌いで不登校だったのに、仕事場へは毎日きっちり通っている？　やりたいことが見つかったなら、よかったじゃありませんか。そりゃ、ぜんぶがぜんぶ、親の思ったとおりにはいきませんよ、ねえ。

娘さんはどこで働いているんですか？　近所の猫カフェでアルバイトをしている？　そうですか。ユリアさんのお子さんだけあって、やはり接客業が向いているのかもしれませんね。

ああ、そうじゃないんですか。猫が好きみたい？　なるほどね。猫。おもしろい生きものですよね。好きなひとは思いっきりハマる。でも、猫好きって多いように見えますけど、実際は犬が好きなひとの方が多いんじゃないですかね。忠犬ハチ公って、秋田犬でしたっけ。死んだ飼い主の帰りを待ちつづける。ああいう話、猫にはないですもんね。したがって銅像も建たない。

だいたい、猫が死んだひとを思って待ちつづけていたら、美談にはならなくないですか？　むしろ怖い話になるような気がしません？

ユリアさんは、猫派ですか犬派ですか。猫？　ああ、やっぱり娘さんは母親似なんですね。だって猫は可愛《かわい》いじゃないかって？　はあ、可愛い猫もいるかも、ですね。いやあ、可愛い、と素直に認めたくはあるんですが、認めにくい理由というのがありましてね。

とはいえ、おれもどっちかといえば猫派なんですよ。子どものころ、家にいたんです。そう、飼っているって感じじゃなく、一緒に住んでいるって感覚でしたね。少なくともおれにとってはそうでした。あいつ、おれの言うことなんか聞きやしなかった。ほとんど見向きもされていなかったなあ、おれ。猫ってそういうところがありますよね。飼われているはずが飼いならされず、逆に人間を飼いならす。

猫って、かなりおそろしい生きものなんじゃありませんか？

というのはね。このあいだ、めっちゃくちゃ信じられないような出来事があったんです。誓って本当の話ですよ。

つい先日、M通り沿いの交差点で乗せたお客さんの話。そうです。ユリアさんのお店のすぐ近くです。あのコンビニエンス・ストアの前。

聞いてもらえますか？

一

交差点の信号脇で、手を挙げて、おれの自動車《くるま》を招いていたのは、小柄な女のひとでした。よく覚えていないんですが、グレーっぽいサマーニットを着て、白のスラックスをはいていたように思います。たぶん。

いや、スラックスは黒だったか。それとも上が黒だったかな。とにかく、グレーと白と黒のイメージです。夜でしたから、コンビニエンス・ストアの明かりで見たばかり。後部座席に座ってからも、こんな風に暗かったし、あまり記憶にない。

服装より、その女性の眼ばかりが印象に残っています。やたらでかくて鋭いんですよ。怖い眼で、ときどき光って見えたりしました。気のせいばかりじゃないと思います。

時間は、午前一時近かったですね。もう最終電車はなくなっていた時間。今と同じくらいです。ユリアさんから呼ばれないときでも、この時間にこのあたりを流すことが少なくないんですよ。たまにはお客さんを拾えたりしますからね。同業者もよく通るようで通らないでしょ？　S駅から一キロあるかないかの中途半端な距離のせいです。同業者もお客さんも、みんなS駅のタクシー乗り場に集まりますもんね。このへんはちょっとした穴場なんですよ。

で、その夜も、おれは穴場でお客さんを釣り上げたわけです。

よしよし、うまく当たった。うきうきしながら自動車を近づけたとき、ぐわあ、と野獣みたいな声が聞こえた。

わ、厭《いや》だなと思いました。女のひとの背後に男がいるのが見えました。その男が大声をあげたんですね。

「何だなんだ、タクシーなんて呼んでねえ」

瞬時にわかりました。ああ、だいぶ酔っぱらっているんだな、と。

巨大な繁華街であるS駅から一キロ弱。場所が場所だし、時間が時間。酔っぱらい客は覚悟のうえですが、性質《たち》がよくないのに当たっちゃったかもな。

「タクシーなんか乗らねえぞ」

乗らなくていい。こっちだって乗せたくねえや。

そう思ったんですが、呼んでいるのはそいつじゃない。連れの女のひとでしたからね。自動車を停車させないわけにもいかなかった。

しぶしぶ扉を開けると、女のひとが男に向かって言いました。

「乗れ」

丸顔でショートカットの女のひとは、低い声で酔っぱらいに命じるんです。

「乗りな。乗るんだよ」

ええええ、何だか怖いな。このひとたち、どういう関係なの？

酔っぱらいは、おっさんでした。年代は、さあ、五十歳から七十歳のあいだでしょうか。おっさんの年齢って、おれ、よくわからないんですよ。女のひとは、ええと、二十五歳から三十五歳のあいだくらい？　もしかしたらもうちょっと上なのかな。女のひとの年齢もよくわからないんですよね。

子どもとお年寄りならわかりやすいんですけどね。ランドセルを背負っていたり学生服を着ていたり、髪の毛が白かったりつるっぱげだったり歯がなかったり背中が曲がっていたりすれば、十歳以上十八歳未満だとか八十歳くらいだとか言えるんですけど。それ以外はわからないなあ。

ええまあ、たまには学生服を着た四十歳くらいの女性がいないわけじゃないですけど。はい、乗せちゃったこともありますけど、今はその話じゃないですね。酔っぱらいのおっさんと怖い眼のおねえさんの話。

「乗れよ」

おっさんより、とにかくずっと若く見えるのに、完全に命令口調。

「厭だ」

おっさんはわめき立てました。

「消えろ、化け猫め」

ちょっとふき出しそうになりました。

化け猫か。おっさん、うまいことを言うな。

怖い眼をした女のひとは、背中をまるくして臨戦態勢に入っている猫科の生きものみたいに見えましたからね。

「黙って乗れ」

女のひとは繰り返します。

「乗ら」

ないと口にするより先に、おっさんは後部座席に転がり込んできました。

「A原駅に向かってください」

おっさんのあとからするりと滑り込んできた女のひとは、おれに言いました。

「A原駅ですね。駅前でよろしいですか」

「近くに着いたら、言います」

女のひとの隣で、いささか茫然《ぼうぜん》とした態《てい》で腰を落としていたおっさんが、うめきました。

「化け猫が。タクシー代は払わねえぞ」

えええ、それは困るな。おれはバックミラーに視線を走らせました。

「行ってください」

おれの不安が伝わったんでしょうか。女のひとが素早く言いました。

「お金はちゃんと払いますから大丈夫です」

眼がきらりと光った気がしました。いよいよ猫みたい。

「払わねえったら、払わねえぞ」

おっさんはぶつぶつぼやきます。

「そんな金はない。財布は空だ」

「A原駅です」

女のひとが被《かぶ》せるように言いました。

「行ってください」

ひとまずはM通りを南下して、S谷駅方面に向かいました。

もうすぐ五月が終わろうとする、風のない、蒸し暑い夜でした。

二

S谷駅の前を過ぎたあたりで、バックミラー越しに確かめると、おっさんは頭を垂れていました。

寝たのか。

女のひとは、厳しい表情で、正面を見据えています。

「寝てしまいましたか？　大丈夫でしょうか？」

話しかけない方がいいようにも思ったんですが、おっさんの金はない発言が胸に引っかかっていたので、ついつい言葉をかけてしまいました。

「寝ました」

女のひとは、淡々と応じました。

「お騒がせしましたが、しばらくは起きないでしょう」

「お連れさん、だいぶ酔っていらっしゃいますね？」

おれとしては、ここが重要なところですから。

「本当に大丈夫でしょうか。着いたら着いたで、代金は払えないって、またごねたりなさらないかなあ」

「ご心配ですか」

どすの利いた低い声。

「心配は心配ですよ。大声で怒鳴ったりしてらっしゃいましたし、だいぶご機嫌が悪いようでしたよね。正直言って、お連れさんがいなければ乗せたくないなあと思ったくらいです」

「きっちり払わせますから、安心してください」

「金はないって言っておられましたが」

おれはまだ疑っていました。

「財布は空だと」

「嘘《うそ》です」

女のひとは、フロントガラスの先、ヘッドライトに照らされた進行方向を真っ直《ます》ぐに見ています。バックミラー越しにおれと視線を合わせてこようとはしませんでした。

「嘘なんですか。だったらいいんですが」

「九千三百九十八円、入っています」

　おれは反応に困りました。

　金額がこまか過ぎないか。ひょっとして冗談なのかな。

「A原駅まで、それくらいあれば足りますね」

　女のひとの顔つきは硬いままです。冗談じゃないみたい。

「じゅうぶんです。この時間だし、交通量も少ないから、すんなり着くでしょうしね」

　JRの線路沿いに、G西通りからG東通りへ、自動車はすいすい走っていました。

「酔っぱらいは厭なものですね」

　女のひとは、苦々しいものを吐き棄《す》てるように言いました。

「お連れさんがしっかりなさっていて、よかったです」

　とにもかくにも、九千三百九十八円あれば問題はない。おれはほっとして、舌がなめらかになりました。

「この商売でいちばん厄介なのは、酔っぱらいのお客さまかもしれません。話が通じなかったり暴力的になったり。さいわい、おれはまだ経験がないんですが、車内でげろ、いや、お戻し、そうそう、リバースされちゃうと、その日一日の売り上げがパーですからね。掃除しなきゃならないし、においが残っちゃうし、商売にならなくなるんです」

「げろを吐くほど酒を飲むとか、分別のある大人がすることじゃありません」

女のひとは重々しく言いました。

「わたしもよくげろは吐きますが、この男が吐いたら許しません」

「はい？」

おれは思わず聞き返していました。

「お客さん、よく吐くんですか？」

「急いでごはんを食べすぎたりするとね。しょっちゅうです」

女のひとは平然としていました。

「げろなど日常茶飯事です」

かなあ？

それに、酒を飲み過ぎて吐く。急いでめしをかっこみすぎて吐く。分別のなさ加減はどっちもどっちという気もするなあ。

反応に困って、おれは話の矛先をげろから酔っぱらい一般に戻しました。

「酔っていらっしゃる場合、こんな風に寝られちゃうと、なかなか起きてもくれませんしね」

「起こしても起きませんか」

「起きませんねえ」

おれは渋い顔になりました。

「一回、そういうお客さんとトラブルになったことがありますよ。大変でしたよ。やっぱり偉そうなおっさんでした」

　うっかり口が滑りました。

「いやいや、こちらのお客さんがそうだって言っているわけじゃありませんよ」

「そうですよ」

　女のひとは動じませんでした。

「偉そうですよね、この害虫」

　軽蔑しきった口ぶり。いったいどういう関係なんだろう。水商売の女性とお客さん？　そんな風にも見えないなあ。

「今夜はお連れさんがいらっしゃるから安心ですよ」

　おれはまた話の矛先を変えました。

「人生、お酒だって飲みたくなるときがありますよね」

「ないですね。お酒なんて、あとになって全身がくさくなるだけです」

身もふたもない言い方。

「お客さんはお酒を飲まないんですか？」

「飲みません」

「おれも飲まないんですよ。体質的に合わないみたいです」

「わたしも合いません」

女のひとは冷たく言いました。

「立ちのぼる汗、吐息、排泄物《はいせつぶつ》、みんなアルコールまみれの発酵臭がします。半径一メートル以内には近寄りたくないくささです」

さすがに酔っぱらいが可哀想《かわいそう》になるレベルだよ。そこまで言うか。

「お酒など、なくても楽しく生きられます」

「そうですよね。おれも下戸ですが、人生はつまらなくないです」

「ひなたぼっこをして、昼寝できれば、楽しみは無限大です」

「そうで、す、か？」

相槌《あいづち》に妙なスタッカートが入ってしまいました。

ひなたぼっこと、昼寝？　それって楽しいか？

「お客さん、まだお若いでしょうに、渋いご趣味ですね」

いや、楽しいかもな。ひなたぼっこ。日焼けサロンへ通うとか、そういう話？　違うかな。このひと、どう見たって日焼けしてなさそうだし。

あ、昼寝は楽しいな。気持ちいいよな。けど、休みの日にうっかり寝過ぎちゃうと、かえって後悔というか、もったいないことしちゃった感がわいて、無限大に楽しいってことはないよなあ。

「若くはありません。けっこう年齢《とし》は重ねています」

「見えませんよ。お若いですよ」

「わかっています。少女のように若く見えるでしょう」

女のひとは謙遜しませんでした。しかも、少女のように、って、そこまでは言っていないのに、けっこうずうずうしい。

「しかし、若くはないんです。中年です。おばさん。すぐにおばあさん。老衰」

淡々と、畳みかけるような自虐。

「少女のような若さを保つ秘訣《ひけつ》は何ですか」

わけがわからなくなって、おれの営業会話もいささか迷走気味でした。

「若さと関係あるかないかはわかりませんが、定期的に暴れることにしています」

るんですか？」

「暴れる？」

そうか、スポーツかな。

「暴れる。悪くないですね。空手道場とかキックボクシングのジムにでも通ってい

このお客さんは格闘技系なのかもしれない。思い当たります。

「さっき、お客さんはわりに力があるんだなあ、と思ったんですよ」

おっさんをタクシーに乗せたときです。かなり思いっきり突き倒す感じ。おっさんは、背は高くないけどがっちりでっぷりして重そう。女のひとはか細くて華奢《きゃしゃ》です。なのに、有無を言わさぬ勢いでおっさんをぶち倒して、後部座席に押し込んだ。

「一見そうは見えないですけど、格闘技を嗜《たしな》んでいらっしゃるのかと」

「格闘技？　必要ありません」

女のひとは首を横に振りました。

「家の中を発作的に走りまわる。それだけです」

冗談なのかな。しかし、女のひとは、きわめて真顔でした。

「楽しいです。いい運動です」

ちょっと、いや、かなり危ないひとなのかな。

「楽しい、かも、しれませんね」

おれの相槌には熱がありませんでした。そりゃそうだ。なにが楽しいのかさっぱりわからん。

「けど、そんな風に走りまわって暴れていたら、家のなかはすごいことになっていませんか？」

「なります。棚の上からは本が落ちます。サイドテーブルの上の花瓶は倒れます。床に置かれたティッシュの箱はわたしの蹴りで潰れます。しょっちゅうです」

「楽しいですか」

「もちろん」

女のひと、平然。

「ご家族から止められませんか？」

ああ、これは言ってはまずかったかな。家族と同居しているとは限らないものな。まさか、寝ているおっさんと同居している風には見えないけど、ひょっとしたら家族だったりするのかな。それでこんなに遠慮がないのかな。遠慮がないというよりは憎しみがこもっている感じだけど、家族にもいろいろ事情があるものだし。

「家族じゃないですよ、こんなぼうふら野郎」

女のひとが、いかにも汚らわしそうに言いました。

「わたしの同居人とは、違います」

「そうでしたか。すみません」

謝りながら、思いました。

おれ、今、考えていたこと、うっかり口に出してしまっていたのかな。まずいな。

「わたしの家のものは、サナダといいます」

女のひとの声がほんの少しやわらかくなった気がしました。

「サナダは、わたしが暴れたあと、怒っていますね」

「でしょうねえ」

サナダ。名前じゃないよな。姓だよな。

真田、だよね。姓で呼んでいるのか。ということは身内や家族じゃないんだろうな。恋人か、友だちか。異性か、同性か。訊《き》いていいのかな。いやいや、ここはよけいな質問は控えて耳を傾けるのみにしておいた方が無難だ。

「サナダはいつも、どうしてこんなことをするんだよ、って、ぶうぶう文句を言っています」

「そうでしょう、そうでしょう」

「でも、許してくれます」

女のひとは、ちょっと笑っている？

「いいひとなんですね」

「いいやつです」

「まあ、一緒に住んでいるサナダさんが許してくれるなら問題はないですよね。落ちたり倒れたり潰れたりするのが本や花瓶やティッシュの箱ならいい」

サナダさんが落ちたり倒れたり潰れたりしなきゃいいけどな。

「勢いあまって、サナダにぶつかることはあります」

あるのかい。ドメスティック・バイオレンスじゃないか。

「わざとじゃないですから」

やはり、笑っている。けっこう嬉《うれ》しそう。

「不可抗力なんですか。だったら問題は」

「ときには、わざと踏んじゃうこともあります」

「踏むんですか」

やはりかなり問題があるよ。ドメスティック・バイオレンスだよ。

「ですが、サナダは許してくれます。ぶつぶつ文句を言いながらも、最終的にはにやにやしながら許してくれる」

おれは無感動な口調で繰り返しました。

「いいひとなんですね」

違うだろ。それ、DV加害者と被害者の共依存関係ってやつなんじゃないのか。

ぜんぜんよくないよ。

「わたしはサナダに愛されているのです」

うわあ。

おれの眼が倍くらいに開いちゃうかと思いました。

愛って。

日常用語として使ったことないですよ、愛。愛しているとも言われたことないし、言ったこともない。

「あ」

口に出すのさえ恥ずかしい。またもスタッカートになるしかない。

「イですか」

「愛です」

女のひとは平然としていました。

「参りました」

ごちそうさまでした。のろけですね。共依存っぽいけど。やばいけど。

Y谷駅前は、終夜営業のレストランやコンビニエンス・ストアが建ち並んでいて、ぎらつくような明るさです。タクシーの車内にもまぶしいほどの明かりが届きました。

「ううう」

女のひとの横で、酔っぱらいのおっさんがうめき声を上げました。

「なにか言いましたね」

「寝言です」

女のひとはきつい表情に戻っていました。

「わたしはサナダに愛されていたのです」

女のひとは、おっさんに冷たい視線を投げました。

「この便所コオロギ男とは違います」

三

Y谷駅前を離れると、K田川沿いの道路上は、街灯ばかりの明かりになりました。前後を走る自動車も対向車もほとんどありません。車内に闇が戻ってきます。

赤信号。おれはタクシーを停車させました。

「ううううう」

おっさんが、またうなりました。

「気分でも悪いんですかね」

吐かれでもしたら、おれとしては困ります。

「寝言です」

「あんまりいい夢じゃないのかもしれませんね。うなされているみたい」

「もちろん悪夢ですよ」

女のひとは、当然、といった風に言いました。

「最近では毎晩、この男は浅い眠りのなかで悪夢をみています。寝ているようで、深い眠りは取れていない。だからいつでも眠くて仕方がない。けれど眠ろうとすると怖いものが襲ってくるのです」

「つらいですね」

ホラー映画みたい。

「怖いものって、何でしょう」

「猫までです」

「猫また？」

信号は青に変わりました。おれはタクシーを発進させます。

「化け猫のことです」

そういえば、タクシーに乗るとき、女のひとに向かって、化け猫とか何とか、おっさんは叫んでいましたよね。そのことだったのかな。

しかし、猫またとは、しばらくぶりに聞いた言葉でした。小学生のとき以来じゃないかな。同級生にいたんですよ。お化けとか妖怪とか宇宙人とか霊界とかに詳しい、田所《たどころ》くんって友だち。猫またなんて固有名詞を耳にしたのは、そいつとの会話以来、いや、中学校の国語、古文の教科書にも、出てきましたっけ。

「猫またって『徒然草《つれづれぐさ》』に出ていましたよね。お坊さんを驚かせる話でした」

自慢じゃありませんが、古文の授業で習ったことなんてまったく記憶にありません。でも、猫まただけは、田所くんのおかげでしっかり覚えているんです。

「驚かせる？　猫またはそんな甘い存在ではありません」

女のひとは冷酷に言い放ちました。

「まずは鋭い爪でこいつの腹肉を裂くのです。それも、浅く。そして頭を甘噛《あまが》みし、顔の皮を剝ぎ、右腕を食いちぎり、左足を噛み砕き」

「痛あああい」

おれは震え上がりました。

田所くん、そこまで怖いって言っていたっけ、猫また？　『徒然草』だって、坊さんびっくり、だけどただの猫だった、とか、そういうぬるいオチじゃなかったっか？

「痛い。そのとおり、ものすごく痛いのです」

女のひとは満足げでした。

「夢のなかでも痛いんですか」

「痛いのです。そして、どれほどの痛みや恐怖があっても、ずっと意識はある。逃げ場のない夢です」

このひと、どうしてそんなに細かく他人の悪夢の内容を知っているんでしょう。

おっさんのカウンセラーなのかな。

「このうじ虫野郎は、それでずっとお酒ばかり飲んでいるんです。飲まないと眠れないんです」

患者とカウンセラーの関係にしては、同情も容赦もなさすぎる気がするけどな。

「そんな悪夢に悩まされている、ということは、実生活でなにか厭な出来事でもあったんですかね」

女のひとは、黙り込みました。

なにか悪いことを言っちゃったか、おれ？

おれは、ひとまず無駄話を続けることにしました。

「おれの場合、お酒は飲みませんから、厭なことがあったら、めしですね。やけ酒じゃなく、やけめし。どかどかとハイカロリーな食事をとって、さっさと寝ちゃう」

「ストレス解消としては、悪くないです」

女のひとが答えてくれました。よかった。機嫌を損ねたわけではなかったみたい。

「胃袋を満たせば眠くなりますしね」

このひと、やはり寝に走るのか。趣味は昼寝って本物なんだな。

「そうですよね。めし食って寝ちゃうのがいちばんです」

「ときには、寝ることができないほど厭なことも起きますけどね」

女のひとが低い声で言いました。

「まぶたを閉じる。寝る。それだけのことが、どうしてもできない。いつまで経《た》っても、夢が訪れてくれない。ひとつの悲しい事実ばかりが頭のなかをぐるぐるとめぐる。そんなときもあります」

真っ暗な高層ビルと、川べりの桜並木。生い茂った葉に街灯の光が遮られて、車内に闇が落ちます。バックミラーに映る女のひとの眼がきらりと光りました。

「けれど、まぶたを閉じてさえいれば、いずれはわずかでも眠りの波は訪れてくれるものです。だから眼を閉じてじっとしているしかない。そのあいだに時間が過ぎる。思いがけない力も出せるようになる」

「ありがたいことに。厭なことがあるから腹が減らないとか眠れないとか、おれにはないですね。まぶたを閉じればいつの間にか夢のなかです」

「あなたには素質がありますよ」

おれはきょとんとしました。

「素質？」

「わたしと同じです。昼も眠れますし、夜も眠れます」

睡眠達人の素質ってこと？　そんなものがあっても嬉しくないなあ。

「そしてときに暴れる。完璧です」

いや、おれはそれ、やりませんけど。

「この道をきわめれば、眠りながら夢の外、現実の世界で暴れることだってできるようになります」

どんな道だよ。きわめたくないよ。冗談なのかな？

しかし、バックミラーのなかの女のひとの顔は、大真面目なんです。笑うわけにもいかない。

「その道、おれにはきわめられそうにないです」

真面目に返すしかありませんでした。

「夢の外で暴れたら、母親に叱られます」

「サナダは文句は言いますが、叱りません」

「サナダさんは心がひろいんですね。うちの母親は厳しいんですよ」

「叱らない相手と一緒に暮らしたらどうですか」

「いいですね。というより、そろそろひとり暮らしをしなきゃなあ」

「愛してくれる誰かと住めばいいのです」

出た、愛だ。

「でしょうねえ。いや、うちの母親だって、おれを思ってはくれているでしょうけどね。なるべくなら母ちゃん以外の女性と暮らす。それがいいですよね」

「そうすべきです」

「なかなか、そんな相手とは、会う機会もないですよ」

本当は、会ったような気もしないわけではないんですけどね。へへへ。まさかお客さん相手には言えません。まだつき合っているわけでもない、片想《かたおも》いですから。

実際、おつき合いできたとしても、同棲《どうせい》はともかく、結婚はどうなのかな。

おれの勤めるタクシー会社『ロータス交通』は、社長とおれだけの零細企業。このままこの仕事を続けていていいのかなと思うときもあります。何年か続けて、個人タクシーに必要な資格を取ったら、自分の会社を譲ってもいい。社長はそう言ってくれてはいるんですけどね。

タクシーの仕事、嫌いじゃないですよ。でも、一生ってどうなのかな。

ま、たまにふっと思うだけで、突き詰めて考えたこと、ないなあ。もっと深く考えなきゃいけないんでしょうけどね。いつまでも若いわけじゃないし。

「一生なんて」

女のひとが呟《つぶや》くように言いました。

「短いです。明日はどうなるかわからない」

「ですね」

相槌を打ちながら、おれは思いました。

考えていたこと、声に出しちゃっていたのかな、また？

「いつ、不意の事故で死んでしまうかもしれない。やるべきことは、素早く取りかかるべきです」

女のひとの声が少し変わった気がしました。

「ですよね。おっしゃるとおりだと思いますよ」

バックミラーを見て、おや、と首を傾《かし》げました。

「お客さん、大丈夫ですか？」

「大丈夫です」

女のひとの表情は変わりません。気のせいだったのかな。

「大丈夫ですよ」

かすかに震えて、鼻声がかっていた気がしたんです。

まるで、泣いているみたいに。

泣いていない？

怒っている？

I谷駅の横手を通過。道路はゆるやかな下り坂になりました。

坂の下から大型トレーラーが轟音を立てて上がって来て、タクシーとすれ違います。一瞬、ヘッドライトの明かりがタクシーの車内を刺すように照らし出しました。

「ううううう」

寝ているおっさんが、またまたなにか言いました。

「妖怪」

女のひとが呟きます。

「何ですって？」

「自動車は、妖怪に似ています。眼をぎらつかせながら闇夜を暴走し、人間を殺す」

「そうかもしれませんね」

眼が光るのは、この女のひとも同様ですが。

「人間だけじゃない。猫も殺す。いたましい」

「たまに見かけますね。このあたりの道路だと、自動車に轢《ひ》かれた鴨《かも》も見たことがあります」

「妖怪のなかにいるのは、のぼせ上がった人間です」

女のひとの声に怒りが滲《にじ》みました。

「俺は正しい。決して間違わない。失敗はすべておまえのせい。俺じゃない。おまえが悪い。だって俺は正しいんだもん。間違うわけがないんだもん。赤ちゃんか。このごきぶりじじいも、その赤ちゃんのひとりです」

ぼうふら、便所コオロギ、うじ虫、ごきぶり。次から次へと、さんざんな言われよう。

「そういう、いい年齢をした赤ちゃん、世の中にわりといらっしゃいますよねえ」

おっさんはすぐそこで寝ているのに、おれはついつい話を合わせていました。

「今日もおられましたよ。やはり五十年配の男性でした。行き先を訊《たず》ねると、S川、とだけ答えるんです。S川のどのへんですか。重ねて訊くと、駅、ってね。いかにもめんどうくさそうに単語しか言わない。駅のどのあたりですか。ってさらに訊くと、怒鳴られました。東口だよそのくらいわからねえのか」

「わからねえから訊いているんだよ」

「そうそう、おれは超能力者じゃねえんだ、って、イラっとなりますよね」

「自分はお客さまでございます、とのぼせ上がっていやがる」

「そりゃ、お客さまはお客さま、お金をお支払いくださる側なんですけど、そこまで居丈高になられる理由がわからないですね」

「サービスを提供すればあとは対等の大人同士、他人同士だ。無礼者が」

「ですよねえ。せめて丁寧語くらい使っても罰は当たらないと思います。年齢はまあ、おれの方が確かに下でしたけど」

「年齢など関係ない。一対一で対等です」

「ねえ、お互いに社会人なんですからね。年齢が下でも上でも、関係ないですよね」

「このしらみ男は、まさにそういう赤ちゃん野郎です」

「いきなりため口、命令口調。金さえ払えばこっちが神さま。そんなお客さん、慣れましたけどね」

「のぼせてふんぞり返っている赤ちゃん野郎だって、どこかで仕事をして頭を下げて金を稼いでいる。会う場所によって立場が変わる。それだけの話です」

「ですよね。なのに、どうして偉くなれちゃうのかな」

「立場が上、だから俺が有利。そのことしか頭にないからです。喧嘩《けんか》をするときだって、大事なのは位置取りです」

「位置取り？」

おれは少々面喰らいました。

「相手より少しでも高いところに立つ。そこから威嚇する」

「威嚇」

おれはいよいよ面喰らいました。

「野良猫の喧嘩みたいですね」

「猫の喧嘩も赤ちゃん野郎の空威張りも同じです。有利と見たら、ここぞとばかりに相手を見下す」

「寂しいですね、そういう人間」

「そうです。寂しくなります」

女のひとは味のなくなったガムを吐き棄てるような表情になっていました。

「このだんご虫じじいも、店に入れば居丈高。他人のあらを探して大騒ぎ。それでいて自分の間違いは決して認めない。そういう人間です」

うわあ、いいところない。

「結果、妻とはほとんど口もきかない。何年か前から、夜ごはんは外で食べて帰るのが決まりごとになっている。子どもも近づかない。家庭内離婚状態になっています」

まあ、そうなるよなあ。

「寂しいですね。生き方を変えればいいのにな」

「自分が悪いとは思っていませんから、変わりません」

「職場ではどうなのかなあ」

「当然、会社でも嫌われています。しかし、会社の方がまだ居場所があるから、やることもないのにずるずる居残って、残業するふりをしています。で、夜ごはんは会社で食べる。メニューはたいがいコンビニエンス・ストアのおにぎりとカップヌードルカレー味」

寂しい。寂しすぎる。

「家や会社から逃れて、遊びに行こうとは考えないんでしょうか」

「考えた結果、こんな風に酔っ払うのです。酔っ払うために日々の夜食代を節約しているといえます」

「毎晩、おにぎりとカップヌードルで英気を養い、飲み屋へ繰り出す。なるほど、そういう流れなんですね。ともかく気晴らしができる場所があってさいわいでした。どんなお店なんですか」

「ママがいて、赤ちゃんの話を聞いてくれる場所」

「保育園ですか」

「昔ながらのスナックです」

「ぴったりですね。そこで少しは気持ちを癒され」

「ない」

女のひとはばっさり断ち切りました。

「癒やされないんですか」

「ないです。その店でも嫌われていて、これまで何度も出入り禁止を言い渡されています。今夜も、二度と来なくていい、そう言ってたたき出されたばかりなのです」

「そうでしたか。それでよけい不機嫌だったんですね、この方」

え？

この話のおっさんに心当たりがあるんですか、ユリアさん。

＊

四

ユリアさんのお店があるのは、M通りから一本、奥に入った小路。おっさんと女のひとを乗せた交差点のコンビニエンス・ストアの真裏ですよね、確かに。

がっしりした体格で、背はあまり高くない、白髪交じりでちょっと薄めの、がらがら声で酒癖のよくなさそうな、五十歳以上七十歳以下くらいのおっさんです。

そうでしたか、ユリアさんが働いている『なでしこ』の常連さんなんですか。

エビサワさん？　いいや、名前までは訊きませんでした。女のひとも、一度もその名前では呼ばなかった気がします。ずっと「ぼうふら」「便所コオロギ」「うじ虫」「ごきぶり」「しらみ」「だんご虫」でしたもんね。じかに呼びかけるときも「おい」とか「おまえ」だったなあ。

気持ちはわかる？

ああ、ユリアさんにも嫌われているんですね、エビサワさん。そうでしょうね。お店から何度も出入り禁止を言い渡されているって話でしたし。

ははあ、お店の女の子に対しても乱暴な口をきくし、ちょっとしたことでねちねちと文句ばかり言う。そのくせ酔ってくるといやらしく触ったり口説こうとしたりする。会計のときはぜったい「高い」「詐欺だ」「払えない」とごねる。

いいところ、まるでなし。そりゃ、もう来ないでくれ、と言いたくなりますよ。困ったおっさんですね。

でも、二度と来るなと何回も言ったのに、来るわけですね。今後は迷惑をかけないと殊勝に言うから仕方なく酒を出す。けど、おとなしく飲むのはその後の二時間くらい。二時間一分を経過したら、また同じことの繰りかえし。

会社が休みの土曜日の夜にまで、わざわざ来たりもするんですよね。家に居場所がないから。

そういえば、最近も来た？　そうですか。店開けと同時にやって来た？　待ちかねていたんでしょうね。冬以来、何か月か顔を見せなかったから、せいせいしていたのに、また来やがった。そんな風にお店のひとから思われていたら、おれだったらへこみますね。いつもに増してご機嫌が悪かったので放っておいたら、だらだらだらだら五時間近く粘っていた。うっとうしいですね。ろくろく相手にしてやらなかったら、化け猫とか妖怪とか口走りはじめた。で「化け猫とは失礼な。そりゃ、女の子たちの平均年齢はちょっと高めだけど、うちの店はお化け屋敷じゃないんだよ。ご不満ならほかの店へ行くがいい。おととい来い」とママさんが怒ってエビサワさんを追い出した。

そんなことがあったんですか。とすると、おれのタクシーに乗ったのはその夜のことだったのかな。エビサワさん、冬からこの方、しばらくお店には来ていなかったんでしょう？　どうもそうらしい。おそらく、店を出たところであの女のひとに捕まったんですね。

化け猫って、『なでしこ』のママさんやユリアさんのことを当てこすって口に出したわけじゃなかったと思うんですけどね。さっき話した、例の夢のことを言っていたんじゃないかなあ。おっさんはおっさんで苦悩していたんでしょうが、仕方ない。日ごろの行ないがよくなかった。

家庭でも、職場でも、遊びに行っても、居場所がない。寂しいなあ。おれ、将来、そんな風なおっさんにだけはなりたくないですね。

あの夜も、その話をしたんですよ。

「家庭でも嫌われて、居場所がないって、ずいぶんきついですよね」って。

＊

「おれのうちは、どうだったかな。父親って、そもそもあんまり家にいなかったなあ。帰りも遅かったから、夜めしを一緒に食うのは週に一回か二回あればいい方でした。そのときはあんまり会話も弾まなかったりして。うん、父親って、いるとちょっと気づまりなところはあったかもしれないですね。でも、父親と母親の仲が悪かったわけでもないですよ。たぶん。日曜日とか、たまには家族で出かけたりもしていましたし、兄もいるんで家族四人で。おれが中学生くらいになったころから、あんまり家族で旅行とか行楽とかはなくなりましたけどね」

坂を下りきって、I橋の駅前を通過します。シャッターの降りたショッピングモールの建物はしらじらとライトアップされていて、深夜なのにちらほらと歩くひとの影もありました。

「今でも同じ家にはいますけど、父親との会話は、ほぼないなあ。挨拶をするくらいですね。リビングルームや洗面所ですれ違うとき『ううう』『おおう』『ああ』って声を交わす。挨拶というより呻《うめ》きですね。呻き合い。人間じゃないみたい」

「大事です」

「呻き合いが、ですか？」

I橋駅から離れると、ふたたび黒く沈んだ街並み。そして坂。

「そうです。いつも元気いっぱいに『おはよう』『調子はどう？』『あたしは元気あなたも元気！』なんて、はしゃいでじゃれ合えますか？」

「まあ、無理ですね」

左手にほの白くドーム球場の屋根、電飾で照らされたK遊園地のジェットコースターが見えてきました。

「おれはわりと喋《しゃべ》る性質ですけど、兄は高校くらいからほとんど無言で生活していましたからね。母親はつまらなかったみたいですよ。女の子がいればよかったってよく言っています。女同士なら仲良く出かけたり会話をしたりできるじゃないですか。それこそ元気いっぱい『おはよう』『今日はどうする』ができるわけですよ。父親やおれや兄じゃそうはいかない。なにせ『ううう』『おおう』『あああ』ですからね」

「サナダとわたしは女同士ですが、朝の挨拶で元気など出しません。『おはよう、空は快晴！』『あたしもあなたも上機嫌』『さあ外へ飛び出そう！』なんて能天気な挨拶、朝っぱらからできますか」

そうか、サナダさんは女なのか。

「まるで犬です。犬の真似《まね》などやってられるか」

女のひとは吐き棄てます。犬が嫌いなのかな？

「呻く。けっこう。ちらりと視線を交わすくらいでちょうどいいのです」

「ちょっと素っ気ない気はしますけどね」

「同じ家に住む相手ならば、そのくらいの距離感がいいのです」

「そうですかね。そうかもしれないですね」

「物足りないな、と思ったら、ひたいや鼻先を相手にこすりつければいい」

おれは耳を疑いました。

「ひたいと鼻先ですか？」

「そうです」

なにか変ですか？　といった反応。

「父親に対してそんなことをしたら、白目をむいて後ずさりすると思います。兄だったらぶん殴られそう。母親は悲鳴を上げて救急車を呼んじゃうような気がします」

「サナダは喜びます」

「ほほう」

ふくろうみたいに囀るしかありませんでした。

「わたしがすることなら、サナダは何でも喜ぶのです」

「ほう、ほほう」

またまたのろけだ。こりゃ、友情じゃないよな。女同士の恋人なんだろうな。

「愛されているからですね」

女のひとは深々と頷《うなず》きました。

「ほほほほう」

敵《かな》わないなあ。

「サナダとわたしほどの愛がなくとも、呻き合いがあればじゅうぶんです。このげじげじ男の家では、そんな呻きさえもありません」

「家族のあいだで、挨拶もないんですか」

「お互いに黙殺です」

「そうですか。それはきついですよね。それじゃ、お酒を飲みに行きたくもなるでしょう」

「だから、あの土曜日の夜も、会社近くの店に出向いたのです」

S橋駅を過ぎ、上り坂。かしゃ、とメーターの音。目的のA原駅までは、もう遠くありません。

「通勤するみたいに、わざわざ電車に乗ってお店まで行ったんですか？」

「電車ならば問題はなかった」

ぎらり、と、女のひとの眼がミラーの中で光った気がしました。

「このむかで野郎は、自動車を運転して行ったのです」

「自動車でお酒を飲みに行く。やばくないですか。お酒を飲んでいるあいだ、自動車はどこに停《と》めてあるんです？」

「ショッピングセンターの大型駐車場です」

納得しました。あの店だな、とすぐにわかったんです。

「M通り沿いのDマートでしょう。百円のチョコレートひとつでも買いものをすれば数時間は駐車し放題、太っ腹な方針のチェーンですからね。で、帰り道はどうしたんですか。自動車は駐車場に停めたまま、こんな風にタクシーを使ったんですか？」

「使いません。自分の自動車で帰ったのです」

「飲酒運転じゃないですか」

「そのとおりです」

「やばいじゃないですか」

いますよね。飲酒運転に罪悪感がないひとたち。

大昔は、そのあたりの意識がけっこうゆるかったみたいですよね。うちの社長も、うんと若いころはお酒を飲んだあとで運転しちゃったことがあるって言っていました。もちろん現在はないですよ。タクシーの運転手になった時点であり得ない。社長の場合、個人タクシーの会社を興しましたしね。無事故無違反への意識は徹底しています。いい加減なところもあるおじさんですけど、その点は厳しいです。おれも、酒は飲まないし無茶な運転はしない、ってところが気に入られたみたいです。ほかの部分はどうだかわかりませんけど。

「飲酒運転はいけません。法律違反です。事故のもとですよ」

「そのとおりです。しかし、このミミズ男はそう考えなかった。今までにも飲酒運転をしたことがあった。何度もあった。だけど一度もばれなかった。事故も起こさなかった。だから大丈夫だ。そのように信じきっていたのです」

「おかしな成功体験意識を持ってしまったんですね」

「失敗と紙一重。たまたまうまく運んだことを、成功だと信じこんだ」

「大きな間違いですよね」

いつだったか、ユリアさんもそんな話をしていましたよね。ですから、そのとき、おれはその話をさせてもらったんです。

「お客さんの話ですけどね。お子さんがいらっしゃるんですが、その子がいわゆる不登校なんだそうです」

「学校など行かなくともいいのです」

女のひとは確信に満ちていました。

「ですね」

うっかり頷いて話が終わるところでした。いや、そうじゃなくて。

「いいっちゃいいんですが、親としては悩むじゃないですか。悩んでいると、周囲にいる子持ちの仲間にいろいろな忠告をされる。幼いときの教育はこうすべきだった。友だちとのつき合いをもっとよく教えるべきだった。親の生き方そのものが悪影響を与えたんじゃないか。でも、幼いときの教育をみっちり施して、友だちとのつき合いに心を配り、どんなに品行方正な生き方を親が示しても、学校へ行きたくない子どもはいますよね。でも、周囲のひとは、自分の子どもが不登校じゃなかったから、自分のやり方が正しかったと信じてしまっている。自分の子はこうだったのに、あの家のあの子は違う。おかしい。そんな決めつけをしちゃうひとも多いみたいです。逆の気持ちになればいいんですけどね。あの家はこうだけど、うちはこう。だからこうすればよかったなんて言いきれないよね、って」

「たまたまうまくことが運んだ。それを成功体験と呼ぶのはただの錯覚です」

「体験は大事なんでしょうけどね」

「錯覚です。愚かものほど、体験によってかえって見聞を狭める」

O駅の横を通り過ぎて、下り坂。下りきったところは、S橋の交差点です。そろそろ目的地を詳しく訊かないといけません。

「うまくいく方法論なんか、ないですよね。よかれと思って選んでも、うまくいかないこともありますし、やばいやばいで乗り切ってきただけでも、いい結果になったりする」

「このチャドクガ野郎も同じです。飲酒運転を繰り返しても、これまでは無事故で来られた」

「でも、そんなのたまたまでしょ。このまま事故を起こさなければいいけれど、起こしちゃったら取りかえしがつかない破目になっちゃいますよ」

「起こした」

ぽつりと、女のひとは呟きました。

「え？」

「事故は、起きた」

赤信号。

S橋の交差点で、おれは自動車を停車させました。

「ここです」

ミラーの中から、女のひとは真っ直ぐにおれの眼を見ていました。

「ここで起きたのです」

信号の下、ガードレールの脇に、枯れかけた黄色と紫の菊の花束が供えてありました。女のひとの言葉どおり、人身事故があったのでしょう。立て看板もありました。

『一月二十一日、深夜に発生したひき逃げ事故の目撃情報を求めています』

五

「じきにA原の駅です。どのあたりで停めますか?」

いくぶん戸惑いながら、おれは訊きました。

「このまま直進してください」

信号が青になり、おれは自動車を発進させます。

「運転手さん」

女のひとは、不意に話題を変えました。

「あなたは猫と暮らしたことはありますか」

唐突な質問。おれはますます戸惑いました。

「猫ですか?」

暮らしていましたよ。

昔です。十年くらい前までですね。現在はいません。死なせるのがつらいから、二度と飼いたくないって、母親は言っています。気持ちはわかります。おれにはちっともなついていませんでしたけどね。名前を呼んでも寄ってきやしないし。ときどき、寝ているところにそうっと近づいて、背中をさわらせてもらうんです。すぐさま飛び起きて逃げちゃったりもするんですけど、じっとしてくれている場合もあって、そんなときはやわらかいあたたかいふわふわだ、と喜んでいました。どっちが飼われているんだって話です。

なかなか頭のいい猫でした。好きじゃない来客の靴に小便を引っかけたりしていましたよ。人間の気持ちがわかる子だったと、母親は信じているみたいです。言葉はもちろん、家族の気持ちもわかる子だって。今でもよく言っていますよ。

おれは、この年齢になっても、母親からしょっちゅう注意をされていますからね。あんたには何度言ってもわからない。猫の方があんたより話が通じるって。

不愛想だったけど、家族思いだったたって。そうなんですかね。そうかもなあ。

確かに、飄然《ひょうぜん》と知らん顔で生きているようでいて、気がつくとこっちをじっと見ていたりはしましたね。そっぽを向いて寝ていても、耳だけはこちらを向いていたり、尻尾がぱたぱた動いたりしていました。家族の会話をしっかり聞いていたってことなんでしょうねえ。

死んじゃったのは中学生のころでした。泣きましたよ。冷たくあしらわれたことの方が多いはずなのに、なぜか甘えてきてくれたときの記憶ばかり蘇るんですよ。兄と喧嘩して、泣かされて、うじうじ落ち込んでいたら、膝に乗って来てくれた。ふだんなら、呼んだって振り向きもしないのに、鼻先を寄せてつんつんしてくれた。なぐさめてくれたんだなあ。あいつ、けっこう、おれのことを思っていてくれたんじゃないかな。そう思ったら、泣けて泣けて仕方がなかったです。

猫って、死んじゃうと、あっという間に硬直して、かちかちになっちゃうんです。こいつの生命、なくなっちゃったんだ。どこへ行っちゃったのかな、なんて考えてしまって、いっそう泣けました。

けっこうおれのこと、思っていてくれた、あいつはいなくなっちゃった。泣けて泣けて、どうしようもなかったです。

交差点を渡ってすぐ、おっさんが、うが、と声を上げました。

「起きたか」

女のひとが低く訊きました。おっさんの眼はうっすら開いています。

「ここはどこだ」

まだ寝ぼけているような声でした。

「たった今、S橋を過ぎた」

「S橋？」

おっさんは眼を見開きました。どうやらはっきり覚醒したようです。

「あんた、誰だ？」

「この顔を忘れたか」

おっさんに顔を向けながら、女のひとはゆっくりと唇の端を上げました。

「いや、忘れることとさえないだろうな」

おれは悲鳴を洩らしそうになりました。

バックミラーの中で、女のひとの口が、耳もとまで裂けたように見えたからです。

「おまえは見もしなかった。自動車から降りようともしなかった。そのまま走って逃げたのだからな」

後部座席に身を沈めたまま、おっさんは硬直したようになっています。

「何の話だ」

「一月二十一日を覚えているだろう?」

　大きく裂けた口、爛々《らんらん》と光る眼。

「寒い日だった。夜明けまでは雨だった。朝になって、晴れた。よく晴れたね。サナダは嬉しそうだった。これなら窓辺にじゅうぶん日が差すよね。ひなたぼっこができるじゃない。よかったね。カーテンを開けてでかけるから、いい子で留守番をしていてね。そう言ってわたしの背中を撫《な》でた。わたしは冬のひなたぼっこがとりわけ好きだった。そのことをサナダは知っていた。わたしのことなら、サナダは何でも知っていた」

　光る眼が、おっさんを睨《にら》み据えています。

「晴れなければよかった。一日じゅうずっと雨だったらよかった。そうしたらサナダが駅まで自転車を使うことはなかった。A原駅から歩いて帰って来さえすれば、事故には遭わなかったろう。おまえに会わなくて済んだのだ」

「何の」

　おっさんは震えはじめていました。

「何の話、なんだ」

「サナダがA原駅に帰ってきたのは終電間近の時間だった。会社帰り、後輩のコマツから相談を受けたからだ。サナダはときどき酒を飲んでわたしを厭がらせたが、この夜は飲まなかった。コマツが下戸だったからだ。ファミリーレストランで長々とコマツの愚痴を聞かされた。振りきって帰ればよかったのに、サナダはそうしなかった。コマツとは仕事場でいちばん仲がよかったし、ときどき『おたくの猫ちゃんに差し上げてください』と、おみやげをもらったりしていたためだ。帰りがひどく遅くなった。一刻もはやく家に帰らなきゃ。サナダは焦っていた。部屋の暖房はきかせてあるし、ごはんはお皿に入れてある。けど、とっくに空っぽになっているだろう。わたしを心配して、自転車置き場に駆けこんだ。おなかを空《す》かせて、ご機嫌ななめで待っているだろう。今夜はおみやげが必要かもな。コンビニエンス・ストアに寄ろう。あの店に好きなおやつは売っていただろうか。わたしのことばかり考えながら、自転車を走らせた」

女のひとはおっさんに覆いかぶさるように顔を近づけていました。

「一月二十一日の夜、おまえは酔っぱらって、自動車を運転していた。そうだろう?」

おっさんの口が半開きになりました。声は出ません。がちがち歯が鳴るのが聞こえました。

「店を出て、Dマートの駐車場に停めておいた自動車に乗った。一杯機嫌どころではない十杯機嫌といってもいいくらいの酔いっぷりだったな。飲酒運転だ。そうだろう?」

女のひとの裂けた口もとに、尖《とが》った牙が覗《のぞ》いています。

「M通りからS通りに入って、夜道を飛ばした。かなり速度を出していたな。五十キロか、六十キロか、七十キロか。いずれにせよ、違反速度だったな。そうだったろう?」

M橋を過ぎ、警察署の前を通り過ぎ、タクシーはS通りに差しかかろうとしています。このままではA原駅から遠ざかることになりますが、後部座席に向かって声をかけられる雰囲気ではとうていありません。

「S橋交差点で、おまえは信号無視をし、横断歩道を渡っていた自転車を突き倒し、サナダを轢いた」

「うああ」

おっさんは喉の奥から絞るような叫びを上げます。

「あうう」

おれの喉からも情けない声が洩れました。

この女のひとは、なにものなんだ。サナダさんの幽霊、なのか？

「この顔の、この姿のサナダを突き倒し、轢いた」

女のひとの右腕がするすると伸び、おっさんの襟首を摑《つか》みました。

「返せ」

火を吐くような威嚇の声。光る眼。裂けた口から覗く尖った牙。

違う、幽霊じゃない。

「わたしのサナダを、わたしに返せ」

女のひとの爪先が、おっさんの首の肉に刺さり、がりり、と掻きむしります。

「痛い」

おっさんが泣き声を上げました。首に赤い筋が入り、血がにじんできます。

「一月二十一日までの毎日を返せ」

おれの背筋は凍りつきそうでした。

殺す気だ。

「おまえが轢いて、ぐちゃぐちゃに潰した、サナダを返せ」

爪先がまたも動き、おっさんの首肉をがりがりえぐります。

「い」

おっさんが息を呑んで苦痛に耐えています。

「一月二十一日、わたしはサナダの帰りを待った」

いったん指の力をゆるめ、がりがりがり、とふたたび深く掻きむしる。おっさんの首が真っ赤になっていきました。

「日が落ちて、窓辺の床は冷えた。サナダの帰りを、わたしは待った。いつもより遅い。帰ったらどんなお仕置きをしてやろう。たとえおみやげを持って帰ってきても、すぐには許すものか。呼ばれてもしばらく返事をしてやらないか。さわらせてやらないか。差し出した手を噛むか。膝に爪を立てるか。さんざん焦らせてやるのだ。楽しく思案しながら待った。だが、待っても待ってもサナダは帰らなかった」

女のひとの左の手のひらが、おっさんのたるんだ出腹に押しつけられました。

「待っても、待っても、待っても」

おっさんの腹の上に置かれた、開いた爪先がぐりぐり食い込んで、そこからも血がにじんできます。

「おみやげなど要らなかったのだ。サナダさえわたしのもとへ帰って来てくれたら」

「いたい」

　おっさんは呻きます。

「いつもと同じように、サナダの顔さえ見られれば、なにも要らなかった」

「放してくれ。痛い」

「痛いか」

　女のひとは、もはや人間の顔をしてはいませんでした。

「サナダはもっともっともっともっと痛かった」

　獣の顔だ。

　おっさんの腹に、血のしみがじわじわと拡《ひろ》がります。

「いたいいたいいいたい」

　猫まただ。このひとは、人間じゃない。幽霊でもない。猫またなんだ。

「冷たい路上で、温かい血を流しながら、サナダは泣くことすらできなかった」

　殺す気だ、本気だ。どうしよう。

「いくら待っても、帰っては来なかった。帰りたくとも帰れなかったのだ。おまえのせいでな」

　咄嗟《とっさ》に考えついたのは、ついさっき通り過ぎた、道路の向こう側のM橋警察署です。おれはS通りを迂回《うかい》することにしました。

「病院へ運ばれたとき、サナダにはすでに生命はなかった。そんなことは知らないわたしはサナダを待つしかなかった。不安と空腹で眠ることもできなかった。まぶたを重く泣きはらしたサナダの妹がサナダとわたしの部屋にやって来たのは、一月二十二日の夕方になってからだった」

S通りを右折。

「サナダの腹のふよふよした感触が、わたしは大好きだった。髪の毛の匂いも、肌の匂いも大好きだった。だけど、サナダは焦げた骨になって、壺《つぼ》のなかに入ってしまった」

女のひとの爪が、おっさんの腹肉をねじり上げます。

「痛」

「おまえの腹のぶよぶよした感触は大嫌いだ。髪の毛もくさい。肌もくさい。げろが出そうだ。出してやろうか」

「やめてくれ」

本当にやめて、げろはやめて。

次の角の信号でまた右折。

「おまえがぐちゃぐちゃにした、わたしの毎日を返せ」

さらに右折。おれはあえてハンドルを乱暴に切りました。が、おっさんにのしかかっている女のひとはまったく動じません。

「一月二十一日、日が沈んでから、あたたかい日は差さなくなった。あの日以来、一度も」

おっさんの荒い鼻息とうめき声。

左折。先ほど通ったばかりの道の反対車線に出ました。

M橋警察署へ戻るんだ、急いで。

「サナダを返せ」

女のひとの声が重く、ふとく響きました。

「返せないなら、おまえも壊してやるまでだ」

「やめて」

おっさんはすすり泣いていました。

「ぐちゃぐちゃに壊して」

やめて！

「お客さん、着きました」

M橋警察署の真正面にタクシーを停めて、おれは大声を張りあげました。

「降りてください」

後部座席で、今にもおっさんの首筋に食いつかんばかりになっていた女のひとが、動きを止めました。

「おっさん、あんただ」

お客さま相手への配慮もなにもない。おれは声を荒げました。

「その建物に入って、自分はひき逃げ犯人だって自首してこい」

涙まみれの顔をしたおっさんは、眼をまるく見開いたまま動きません。おれはシートベルトを引きちぎるように外して、運転席から降りました。

「降りろ」

おっさんが縮こまっている側のドアを開け、おっさんの後ろ襟を握ると、力をこめて引きずり降ろそうとしました。

「邪魔をするな、小僧」

女のひとが身を乗り出し、おっさんの太ももに爪を立てて、引き止めようとします。痛いいい、と、おっさんはまた苦しげな声を上げました。

「よけいな真似をするな」

おれは女のひとの顔を見ないようにしながら、叫びました。

「殺しちゃいけない」

「おまえも死にたいのか」

しゅううう、と吐き出す息とともに、低いふとい威嚇の言葉。正直言って、とってもとっても怖かった。でも、どうにか言葉を絞り出しました。

「こんなやつを殺《や》っちゃったら、サナダさんに会えなくなってしまいますよ。それでもいいんですか」

女のひとが力を抜いたのがわかりました。

「サナダ？」

今だ。おれはおっさんを後部座席から一気に引きずり出しました。

「行け」

タクシーから転げ出たおっさんは、歩道に尻もちをつきます。

「行きやがれ、ひき逃げ犯。ひとごろし」

「ひい」

おっさんは、よたよたとよろけながら、立ち上がりました。

「行け。行って、すべて正直に話してこい」

おっさんは這《は》うように警察署の入口に入っていきました。おれも、そのあとを追いました。

「どうかしましたか」

制服姿の警察官がおっさんに話しかけています。おっさんが口を開く前に、おれは言いました。

「S橋で一月二十一日にひき逃げをしたのは自分だと言うので連れてきました」

眉をひそめた警察官がおっさんに訊ねます。

「本当ですか」

「ほんとうです」

おっさんは妙に甲高い鼻声で答えました。

「じぶんは、いんしゅうんてんをして、じてんしゃにのったおんなのひとをひいて、にげました」

幼児のように素直な喋り方になっていました。

「ほんとうです。つかまえてください」

「本人がそう言っています。どうか捕まえてやってください」

おれは言葉を添えました。

捕まえて、うーーんと重く罰してやってください。

おっさんがぺらぺら自白したので、おれはそれほどこまかい事情は聞かれませんでした。

それでも、何やかやと時間を取られて、警察署から出たときは、夜明け間近でした。

空は群青、警察署の上がうっすらと明るくなって来ています。

女のひとは、タクシーの横に立って、怖い眼つきで待っていました。

「すみませんでした」

謝るしかない。

「殺したかったでしょうけど、邪魔をしました。けれど、あいつはこれで、罪の償いはします」

「償い？」

青い薄闇のなかの女のひとの顔は、人間に戻っていました。サナダさんの顔に。

「償えるわけがない」

「そうかもしれません」

「どんな償いをしても、サナダは帰ってこない。殺したかった」

「すみません」

「四年間、サナダと一緒に暮らしていた。四年間、サナダとわたしは」

「とても仲良く過ごしていたんですよね。わかります」

「最強の仲だった。小僧にはわかるまい」

「すみません。でも、あのままあなたがあの男を殺すのはよくない」

「さっきもそんなことを言っていた。意味を訊きたくて待っていた」

女のひとの眼が冷たく光ります。

「どういう意味だ？」

ここでちゃんと説明をしなかったらただでは済まないでしょう。ついさっき、おまえも死にたいのか、と凄《すご》まれたばかりです。脅しじゃない。相手は本気中の本気の猫またなんですから。おれは必死に言葉を探しました。

「サナダさんは今、天国にいる。天国であなたを待っている。いつかは会えるんです。けれど、あなたがあの男を殺してしまったら、天国には行けませんよ。あの男と同じ地獄へ落ちるしかなくなる。サナダさんには会えなくなる」

猫またの存在を教えてくれた田所くんは、天国とか地獄とか、霊界の話も詳しかったんです。子どものときの、他愛ないようなそんな会話を思い出して、おれは女のひとを説得しようとしたんです。

「裁きは人間の世界の法律に任せて、あなたは猫に戻るべきです。あんなやつを手にかけて、殺してしまって、地獄をさまよう化けものになりきってはいけません」

「サナダは天国にいる」

女のひとは、遠くを見るような眼になりました。

「また会える？」

「会えますよ」

おれは断言しました。

「殺したかった。どう言われても、人間の世界の裁きなどでは足りない」

「すみませんでした」

「殺したかった。けれど、わたしはサナダに会いたい」

「会えます。あなたはあの男を殺さなかったんです。会えますとも」

「殺さなかった。が、小僧には迷惑をかけてしまった」

女のひとの視線が、タクシーの車内、運転席に向けられます。四千二十円を示したメーター。おれは気づきました。おっさんから乗車料金をもらい損ねた。しまった。

「いや、料金くらい、いいんですよ」

よくないけど、そう言うしかないもんなあ。しかもおれ、いつの間にか小僧呼ばわりだし。

「サナダに会いたい」

「本当に、深く思われていたんですね、サナダさんに」

女のひとはおれの顔をまっすぐに見返しました。

「愛されていた、のだ。わたしも」

そのひと、猫またさんが視線を合わせてきたのは、はじめてでした。

「愛していた」

夜明けの青い空気のなか。

女のひとの姿は、消えていました。

「お客さん？」

女のひとが立っていたあたりに、小さな塊が落ちていました。

グレーと黒の縞模様の、やせこけた猫の死骸。帰ってこない人間を待ちつづけた猫。待って待って、待つあまり猫またになった猫。今はただの猫に戻った猫の、力尽きた姿でした。

*

そのあとすぐペット用の火葬場の連絡先を調べて、おれだけでお葬式をあげました。猫のお骨《こつ》は今もおれの部屋にありますよ。毎朝、お線香をあげています。いつかはどこかのペット霊園に納骨しようと思いますけど、しばらくはおれが供養をしようと思っています。これも縁ですからね。おかしな縁ですけど。

かちかちになった猫の死骸を焼くとき、おれ、ちょっと泣いちゃいました。いや、本当は、かなり泣きました。滂沱《ぼうだ》と泣いた、ってやつです。鼻水まで滂沱と流しちゃった。斎場のおじさんがティッシュをひと箱くれたぐらい。

愛なんて言葉、むずがゆくて使ったことないけど、この先も使わない、使えないと思うけど、でも、すごいもんなんだなあ。猫が猫またになっちゃうんだもの。猫っておそろしい生きものだなあ。それともすごいのは愛なのかな。

よくわからないけど、わからないなりに、わからないまま泣けたんです。

ひとつだけ理解できたのは、待つ犬は忠犬ハチ公になって美談となり、待つ猫は猫またになって怪談になっちゃうってことですね。

信じられます、この話？

あら、ユリアさんまで泣いてます？

というより、怒ってますか？

ですよね。すみません。あんなおっさん、殺しちゃえばよかった。復讐《ふくしゅう》を果たさせてやるべきだった。なぜ止めたこのすかたん。無神経なあんぽんたん小僧。って、そうおっしゃいますか、ユリアさんも。

でも、ですよ。いくら弁護のしようもないおっさんでも、やはりね、眼の前でスプラッタな殺害場面を見届ける勇気はなかったです。なにより、そんな惨劇が車内で繰り広げられちゃったら、このタクシー、廃車確定です。せめてげろ程度のお客にとどめておいてほしかったと、社長に泣かれます。

それにね、きっと、あの猫、サナダさんにまた会えましたよ。

おれは口から出放題に舌先三寸の与太話をしたわけじゃない。邪魔をしたのは悪くなかった。天国に行ってサナダさんに会う。そのための邪魔だった。あの猫は、天国で、サナダさんと一緒に暮らしている。

だから、あれでよかったんだ。信じます。

一月二十一日までの毎日を、サナダさんとあの猫は取り戻せたと思います。あたたかい日差しをいっぱいに浴びてひなたぼっこをして、ときどき暴れてサナダさんを踏んでいます。おれは信じますよ。

信じているからこそ、毎朝、お線香をあげているんです。成仏っていうんですか。天国で、ひとりと一匹の、最強の日々を過ごしてくださいねって、心の底から祈っています。

猫またが存在するんですよ、この世には。天国だって地獄だって、何だって信じられます。

着きましたよ。おかしな話まで聞いてもらっちゃって、ありがとうございました。

娘さんに話す？　信じるかなあ、娘さん。

あ、おれが滂沱と泣いたことは、娘さんに内緒にしてくださいよ。鼻水のことも。

第二章　タドコロくん

悲しいことやつらいことはいずれ薄まる。
毎日の記憶を積み重ねて、過去を覆っていくんだ。
生きていくってそういうことなんだ。

このたびは、ロータス交通をご利用くださいまして、ありがとうございます。運転手の木村です。

目的地まで短いあいだのお時間ではありますが、どうぞよろしくお願いいたします。

一

しばらくだったな、光《こう》ちゃん。

いきなり連絡が来たから、なにごとかと思ったよ。ひとまず悪い知らせじゃなくてよかった。いや、事情はこれから聞くんだけどさ。悪い話じゃないんだよね？誰か死んだりしていないよね？

晋《しん》ちゃんって呼ばれるのもずいぶんひさしぶりだ。懐かしい。

仕事？　一時間や二時間なら、サボっても大丈夫。そういう点では融通が利くんだよ。大手のタクシー会社なら売り上げのノルマもそれなりに厳しいんだろうけど、うちは社長とおれだけの零細企業だもんね。車種？　T社のクラウン。よくあるやつ。いちおうハイグレードだよ。おれと社長とで交替で使っている。どうせ個人ならうんと高級車にするのも手だと思うんだけどね。そんなに儲《もう》けがないからなあ。

そりゃ、零細なりの不便や不利はいろいろあるよ。大手の会社しか立ち入りできない縄張りもあるからね。大学病院とか銀座とかさ。でも、がつがつ稼ぐ必要ないもん。いや、社長はもっとがつがつやれって思っているかもしれないけど、おれ的には無理無理。

そういえばつい三日ほど前、幸運なことに、わりに長距離のお客さんを乗せたんだ。これがちょっと、いやかなりめずらしい話でね。

おじいちゃんの二人連れだよ。太っ腹なお客さんでさ。帰りの高速代まで払うって言ってくれた。で、着いたところで「自分たちは現金を持っていないからちょっと待っていてくれ」。言われたときは青ざめかけた。こりゃ、乗車料金詐欺だったかと思ってね。しかも「呼び鈴を鳴らして、あんたから事情を話してくれ」って言うんだもの。面倒なことに巻き込まれちゃったと思ったよ。けど、しょうがないから言われるままにしたら、インターフォンの向こうの家族のひとがあっさり金を払うって言ってくれてひと安心。おじいちゃんたちはタクシーを降りて行き、入れ違いに家のなかから出てきた中年の男性が金を支払った。ウン万何千円、ごちそうさまです、って感じ。おじさん、そりゃ、表情は硬かったけど、ごねたりはされなかった。

別にめずらしくもないって？　いやいや、めずらしいのはこの先、オチというか、真相があるんだよ。

昨日、同業者のたまり場みたいな定食屋へ行ったら、顔なじみのひとがいてさ。アオヤギさんっていうの。で、アオヤギさんにその話をしたの。そうしたら、アオヤギさんも同じお客さんを乗せたことがあるんだって。おじいちゃんたち。信じられないことにあのおじいちゃんたちは。

あれ、この話、あんまり興味はない？

そうか。光ちゃん、おれになにか伝えたいことがあったんだよね。悪かった悪かった。まずはそれを聞くよ。

で、何の話？

同窓会？

ああ、そんな話だったの。

小学校の同窓会か。いつ？

あ、その日は駄目だ。日曜日だもの。出勤だよ。

いや、社長に無理を言えば休めるかもしれない。でも、やめておくわ。おれ、あんまり友だちいないもん。会いたいのって光ちゃんとか大山《おおやま》くんくらい。正直、わざわざ同窓会に行きたいとは思えない。

女子たちに会える？　どうでもいい、本当に。

そうそう、おれ、小学生のころ、女子って本当に苦手だった。女のきょうだいがいないせいかな。どんなことをどうやって喋ったらいいかわからなかった。いつの間にか、普通に話せるようになったけどね。今はわりに女子は好き。嫌いじゃない。うん。

おれたちが通っていた小学校、生徒数が少なくて、一学年にふたクラスしかなかったし、ぜんぶで六十人もいなかった。クラス替えがあっても顔ぶれにほとんど変化がなかったんだよね。男子と女子はほぼ半数ずつ。六年間を共に過ごしたのは三十人弱。なのに、女子とはほとんど交流がなかったから、全員を覚えているわけじゃないんだよ、おれ。

四年生になるぐらいまで、物心がついていなかったんじゃないかなあ。そりゃ、言葉は喋ったろうし、ふざけたり遊んだりもしたし、文字も書いたし数も数えられたけど、赤ん坊の延長みたいなもんで、無意識に生きていた感じ。ようやく覚えているの、五年生くらいからだわ。みんなそんなもんでしょ？

え、光ちゃんは違うの？

二年生のときの芋ほりとか、三年生のときの学芸会、四年生のときに行った科学博物館のことまで覚えているの？　すごいね。

芋なんか掘ったっけ？　バスに乗って千葉県の農家の畑に行ったの？　ぜんぜん覚えがない。掘ったのって、やっぱりさつまいも？

そりゃそうか。じゃがいもってあんまり聞かないよね。まあ、小学生に里芋は掘らせないだろうな。種芋、見たことある？　すんごいぐろいの。妖怪みたいな外見だよ。子どもが見たら怯《おび》えて泣くレベル。

どうして知っているのかって？　インターネットで見た。好きなんだよね、芋。

芋ほりしたことは忘れているけど。本当に行ったのかな、おれ？　どうせなら山奥へ行って、山芋を掘ってみたかった。好きなんだよ、とろろ。

とろろの話じゃない？　そうだよね。同窓会の話だった。

だからおれ、行かないよ。今日、こうして光ちゃんには会っているわけだし、今度は大山くんも呼んでめしでも食いにいこうよ。それでいいじゃない。もったいない？　何で？

うちの学校の同級生は六十人しかいないぶんつき合いも濃厚だった。ふうん、そうだったの。おれ以外はそうかもね。

今でもよく会っている。へえ、おれ以外はそうなんだ。女子たちとも会っている。へええ。はじめて知った。みんなで和気あいあい食事をしてお酒も飲んで、そのあと公園で缶蹴りをして遊んだりしている。

よかったね、楽しそう。おれ以外は。

いや、だから、おれはその仲間に加わらなくていいよ。ひがんでないよ。素直な気持ちだよ。

友だちは光ちゃんや大山くんだけでいいよ。基本、集団行動は苦手だしさ。今さらみんなとわいわいやれる柄でもない。

でも、どうして缶蹴りなの？　缶なんか蹴っていて、楽しい？

ほろ酔いで隠れん坊するのが楽しいの。ふうん。で、ちょっと好きな女の子と隠れたりするの？

そういうのが小学生に戻ったみたいで楽しいんだ。へえええ。おれはそんな真似、小学生のとき、していないけどね。

え、好きな女の子を、隠れているあいだしっかり口説いて、個々にアドレスを教えあい、会う約束をしたりしている？

いやらしいな。子どももなんだか大人なんだかわからない。好きな女がいなかったらつまらないじゃん。

そうか。みんなで会った日にお目当てがいなかったら缶は蹴らないのか。不純異性缶蹴りなのか。そうだったか。

とにかくおれはいいよ。缶は蹴らない。一緒に隠れたい女子は同級生にはひとりもいない。別口があるから、いい。

うん。いるの。別口。うん。ちゃんといるわけ。そういうこと。

恋人？　うん。まあね。そんなものかな。うん。

いつの間にって、いずれ話すよ。大山くんも誘ってめしでも食うときに。うん。

あ、あと、あいつには会いたいなあ。

タドコロくん。

今でもよく思い出すのは、田所くんのことだよ。

田所くん、卒業アルバムの集合写真に載ってないんだよね。文集にも載っていない。五年生の夏休みの終わりに転校しちゃったからなあ。

寂しかったよ、すごく。

二

千葉県のT海岸に行ったのは、小学校五年生の臨海学校だったよね。

おれ、あのころ、あんまり泳げなかった。

水泳の授業では、泳げるレベルによって組分けがしてあった。百メートル以上泳げる、真の勇者は黒い水泳帽。五十メートル以上の猛者《もさ》たちは白い水泳帽に黒線、二十五メートル以上の挑戦者たちは青線。で、二十五メートル以下でばちゃばちゃやっているしかない雑魚《ざこ》どもが赤線。光ちゃんも大山くんも黒線だったのに、おれだけが赤線だった。

おれ以外の雑魚仲間は女子ばっか。だけど、田所くんも赤線だったんだ。心強かった。というか、あれで仲良くなった気がする、田所くんと。

黒帽黒線組が遠泳に挑み、青線組もそれなりにハードな泳ぎをこなすなか、運動神経にぶめな女子たちと波打ち際でばちゃばちゃやっているおれと田所くん。そうそう、ビーチバレーっぽいこともしていたな。

うらやましい？　そんなことはないよ。遠泳の方がぜったい格好いいじゃん。

遠泳、だいぶ疲れたの？　そりゃそうだよね。沖合まで何キロ泳いだの？　ああ、たいした距離は泳いでないのか。あのころ、いちばん泳げたのは黒帽女子の佐藤《さとう》さん。覚えてないな、佐藤さん。イルカのような見事な泳ぎだった？　すごいね。ぜんぜん記憶にないや。おれ、赤線だし、接点がないもの。で、イルカ女子が先頭ですいすい泳いでいくのについて行くのが精いっぱい。海から上がったときはげろを吐きそうになるほどつらかった？　今さらながらお疲れさまでした。すごいな、イルカ。

まあ、今にして思えば、イルカ女子にびしびし鍛えられるより、にぶめ女子とばちゃばちゃやっていた方が平和で楽しそうだよな。

でも、そのころのおれ、女子は苦手だった。田所くんがいなかったらきつかったと思うよ。

臨海学校は二泊三日だった。

泊まったのは、C区が所有する海辺の宿泊施設だった。民宿よりは立派、だけど旅館よりは味気ない、鉄筋コンクリート二階建ての建物だった。潮風で劣化が激しいのか、築年数以上に古びている感じで、トイレの排水管は赤さびだらけ、風呂場のタイル目地は黒カビだらけだった。部屋の畳も日差しで焼けてまっ黄色。レースのカーテンは灰色に煤《すす》けていた。今思えば、あの施設、管理が甘い、というか、ちゃんと掃除をしていなかったんじゃないかな。

夜になると、トイレに行くのが怖かった。

光ちゃんや大山くんとは同じ部屋だったよね、怖い話をしたのは誰だった? 大山くん?

そうだった。行きのバスの中で、女子たちがそんな話で盛り上がっていたんだ。うちの学校じゃない、よその小学校だったっけ。何年も前、やはり臨海学校でここに泊まっていたとき、生徒のひとりが海で溺れて死んじゃった。その子の幽霊が出るって話だった。

違った? 地元の小学生だったっけ。とにかくT海岸で溺れて死んじゃったんだよね。

「水難事故にはくれぐれも気をつけなさい。ひとりでの行動はぜったいにしないように。自分の躰《からだ》の不調でも、友だちの様子でも、ちょっとでも変だ、おかしいなと感じたら、すぐ先生方に報告をしなさい。ふとした油断で、あっという間に事故は起きるんです。何年か前にも、実際に子どもが亡くなる事故が、この海岸で起こっています」

引率の平田《ひらた》先生もそんなことを言うんだもん。単なる「怪談」じゃない、現実味があった。

そうそう、思い出してきた。女子たちめ、怖い怖いと言いながら、宿舎の部屋でこっくりさんをしたらしいよ。ビーチバレーもどきをしながら、そんな話を聞いたんだ。おれは腹が立ったね。幽霊が怖いくせに、どうしてわざわざ呼んだりするんだよ。しかも、宿舎に着いたその日、昼ごはんを食べる前のわずかな自由時間に、こっくりさん。やるか、普通？　どんな神経をしているんだ。よけいなことをしやがって。呼んじゃって、もし来たら、最後まで責任を取れるのかよ。

責任って？　よくわからないけどな。お経を唱えて成仏させるとかじゃないの？　させろよ。努力しろよ。

こっくりさんで、幽霊は来ちゃったのか、どうだったかな。とにかく、おれは女子に怒っていた。そして夜になったら怖くなっていた。

トイレは部屋から遠かった。

男子の部屋は二階だったのに、トイレは一階にしかなかった。夜になると宿舎の周囲は真っ暗。廊下の照明は薄暗くて、蛍光灯のカバーのなかには虫の死骸がごろごろたまっている。何だって子どもたちを泊める施設にああいう演出を施すかな。いや、演出じゃないんだろうけどさ。

夜ごはんを済ませて、食堂で反省会とゲームをして、各自各部屋に引き取ってから、消灯までの時間、トイレに行くたび肝試し。おれも光ちゃんも大山くんも、みんなダッシュでトイレに行って帰ってくる。

そうだよな。あんなこと、しないでもよかった。一階に泊まっていた女子たちは、誰かと連れ立ってトイレに行っていた。おれたちもそうするべきだったよ。なにも、毎度毎度、涙目でトイレと部屋を行き来しなくてもよかった。光ちゃんだろう。大山くんがトイレに行ったとき、部屋の電気をわざと消しておいて、戻ってきたところで掛け蒲団を頭からかぶせて脅かしたの。大山くん、ぐわあああああって、すげえ声を上げたよな。で、おれら全員、平田先生から脳天パンチを食らった。あれを体罰と言ったらさすがに申しわけないな。ほかの部屋でも似たようなことはしていたみたいで、やっぱり大声が聞こえてきたもん。どわあああ、とか、ぶひいいい、とか、人間以外の野獣としか思えないような咆哮《ほうこう》が。あれ、静かにさせるの、ひとまずは鞭《むち》のひと振りしかないよなあ。小学五年生の男子の群れなんて、サーカス。それも、調教前の動物みたいなものだもの。

まあ、でも、みんな、消灯後は一気に寝たようだった。

消灯って何時くらいだっけ。九時くらいじゃなかった？　小学生だもの、そのくらいだったよね。

眠れるかな、と思ったけど、電気を消されたら、瞬間で寝落ちした。なにせ、昼間の疲れがあるからね。水泳は本当に体力をめいっぱい消耗するよね。黒帽黒線組はイルカと遠泳だし、青線組もそれなりに泳いでいた。

消耗していなかったのは、おれと田所くんだけだった。

いったんは眠ったものの、おれは眼が覚めちゃったんだ。

夜中。何時ごろだったのかなあ。部屋の電気は消えていたから、壁にかかった時計の針は見えなかった。すうすうすう、大山くんや光ちゃんの深い寝息とともに、かちかちかち、針が秒を刻む音だけは聞こえていたけどね。

真っ暗。困った。トイレに行きたい。

すうすうすう。かちかちかち。すうすうすう。かちかちかち。

おしっこしたい。トイレに行かなきゃ。でも、ひとりでトイレに行くのは怖い。どうしよう。大山くんか光ちゃんをたたき起こそうか。起こして、一緒にトイレへ行ってくれと頼む？

できない。格好悪すぎ。恥ずかしい。

おしっこはしたい。でも怖い。このままもう一度寝てしまおうか。そうしよう。まぶたを閉じて、ほら、行けるかも。行けそう。

おねしょしたらどうしよう。

おれは眼をぱっちり開いていた。冗談じゃない。ここでおねしょなんかやらかしたら、学年じゅうの笑いもの。一生の恥さらしじゃないか。

やはり起きてトイレに行かなきゃ。でも怖い。

情けない葛藤のループにはまりこんで悶々《もんもん》としていたら、耳もとで救いの声がした。

「木村くん、起きちゃった？」

って、田所くんの声だった。

そうだ、光ちゃんや大山くんと違って、田所くんだけは、おれのことを晋ちゃんじゃなく、木村くんって呼ぶんだよ。

「田所くんも？」

おれは嬉しかった。助かったと思ったよ。

「トイレ行く？」

真っ暗ななか、二人で立ち上がって、そろそろと押入れのふすま伝いに歩き出した。四畳半くらいの広さの部屋で、大山くんと光ちゃんは廊下側、おれと田所くんは窓側に寝ていたんだよね。先に歩いていたおれは、入口の引き戸の前に寝ていた大山くんを踏んじゃった。

「ぐが」

大山くんはへんな声を上げたけど、ぜんぜん起きる気配はなかった。

「よく寝ているね」

田所くんがくすくす笑っていた。

廊下には明かりがついていた。といってもいくつも部屋が並んだ長い廊下に、今にも切れそうな蛍光灯がひとつだけ。薄ぼんやりした明るさだった。階下へ続く階段には非常口の照明。一階の廊下の蛍光灯もやっぱりかなり暗めだった。おれひとりだったら怖くて歩けなかったろう。

六十人の生徒たちが寝静まった廊下は静かで、波の音ばかりが聞こえる。おれも田所くんも息をひそめながら無言で歩いた。

「田所くんがいて、よかった」

ようやくトイレに着いて、おれは扉の横にある電気のスイッチを押した。

「ひとりだったら、我慢しちゃって、明日の朝はおねしょ確定だった」

個室が三つ、小便器が五つほど並んだ男子トイレを、蛍光灯がまぶしく照らし出した。

「木村くんは、おねしょ、まだしちゃうの?」

しまった。うっかり口が滑った。

「まさか。おねしょ確定だったかもしれない、って話だよ」

ごまかした。実際は、そのころでもたまにやっちゃっていたんだけどね、おねしょ。さすがに中学生になってからはしなくなったけど。

「そうだよね。でも、ぼくはときどきやばいよ」

田所くんが言った。

「夢のなかでトイレに行って、おしっこしちゃうじゃない？　そのときはやばい」

田所くんとふたり、並んで小便をした。

「わかる」

「最初に出すときはセーフなんだよね。すっきりしないな、と思って二度めに出すとアウト。じわあ、っておしりが濡《ぬ》れる厭な感覚がして、ああやっちゃった」

「わかる、わかる」

会話する声が反響する感じがした。

「このごろは二度めの直前で眼が覚めるようになったけど、ちょっと前まではやっちゃっていた」

「わかる、わかる、わかる」

本当はまだやっちゃうんだけど、おれは見栄《みえ》を張った。

「おれの場合、おねしょの心配はないけど、今夜はトイレに来られてよかった。トイレって、何だか怖いよね」

「よそのトイレは特に怖いかもね」

田所くんはちょっと首を傾げながら答えた。

「学校のトイレでも、奥の個室はやばいって言われていることが多いよね。入ると出られなくなる。血を流して死んじゃうって話、全国にあるみたい」

田所くんが幽霊とか妖怪とか、その手の話題に詳しいことを、おれはこの夜、知ったんだ。

「厭だな」

用をたし終えて、洗面台で指先をちゃっちゃと洗いながら、おれは言った。

「木村くんも聞いたことない？　奥の個室に入ると、赤い紙が欲しいか青い紙が欲しいか、って声がするっていう話。赤い紙と答えると血を流して死ぬ。青い紙と答えると血を抜かれて真っ青になって死ぬ」

洗面台の鏡に映ったおれの顔が引きつった。夜中のトイレでは聞きたくない話だ。

「どっちにしても死ぬのか」

「答えなければいいんだろうね。もしくは奥の個室には入らない」

「うちの学校にも、そんな話があるのかな」

「はっきりとした伝承はないけど、女子はみんな奥の個室は避けているみたい」

「おれも入るのやめよう」

実はおれ、いまだに公衆トイレでも奥の個室は避けちゃう。いや、よっぽど洩れそうなときは別だよ。血を流したり抜かれたりして死んじゃう怖さより、うっかり漏らしちゃう恐怖の方が勝るでしょ。

「トイレ、やっぱり怖いね」

波の音。反響する語尾。おれはいくぶん怯えていた。

「赤い紙青い紙の話はとくに怖いよね。トイレに入っただけで意味不明に殺されちゃうんだもの」

田所くんは平然としていた。

「お化け、怖い」

自分ではまったく覚えていないけれど、幼いころのおれはけっこう「見た」らしい。真夜中に、誰もいない空間や壁を指差して「あのおじさん、誰?」と訊いたりしたのだそうだ。やめて、と泣きそうになったと母親がよく話していた。そりゃそうだよ。やめてほしいよね。だから、そのときだって、びくびくしていたのだ。うっかりお化けを見ちゃったら、どうしよう。

「お化けは怖いよね」

田所くんも頷いた。

「そういえば、聞いたことがある。戦争中、沖合で、アメリカ軍に船が爆撃されて沈没した。乗っていたのは疎開先へ向かう子どもたちだったんだけど、みんな死んでしまったんだそうだ」

自分の家のトイレでは使っていない、やたら消毒くさい消臭剤。その匂いが強く鼻を刺した。

「今でも、T海岸を泳いでいて、ふとまわりを見ると、防空頭巾をかぶった子たちに囲まれていることがあるんだって」

うわあ、と声を上げて、おれはトイレから飛び出した。

廊下を走り階段を駆け上がり、真っ暗な部屋へ韋駄天《いだてん》のごとく逃げ帰った。

「ぐげ」

入口近くに寝ていた大山くんをまた踏みつけて、窓際に敷かれた自分用の寝床に飛び込んで、頭からすっぽり掛け蒲団《ふとん》をかぶった。

「ごめんごめん」

やがて田所くんがぽんぽんと蒲団の外側を叩《たた》いてきた。

「木村くん、ごめんってば」

笑っていた。

「どうしてあんな話をするんだよう」

おれは半泣きになっていた。

「そんなに驚くとは思わなかった」

「驚くよ、怖いって言ったじゃないか」

「口ではそう言っているけど、木村くん、けっこう平気な性質かと思ったんだ」

「平気なわけがない。お化けは嫌いだ」

「嫌い？」

「お化けが好きなやつなんていないだろ」

「ぼくは嫌いじゃない」

おれは驚いた。

「本当？」

「お化けとか、妖怪とか、宇宙人とか、嫌いじゃないよ」

「妖怪や宇宙人は、わかるけど、お化けって厭じゃない？」

「違いはないよ」

「違うよ。宇宙人や妖怪は怖くない。でも、お化けは怖い」

お化けって、つまり、幽霊という意味で、おれは言っていたんだ。

「お化けだけが厭なんだ。どうして？」

田所くんに真正面から問われると、即答できなかった。

ねえ、どうしてだろう？　幽霊は死んだひとだから、かな。死んだひとって、どうして怖いんだろう？

「お化けは、もとは同じ人間だよ。宇宙人も妖怪も人間じゃない。どこから来たのかわからない。そっちの方が怖くない？」

「いいや」おれは否定した。「お化けの方が怖い」

「生きていたとき、大好きだったひとでも、怖い？」

「怖い」

「おばあちゃんでも？」

四年生の終わりから五年生になるあいだの春休み、おれのおばあちゃんが亡くなっていた。田所くんは、そのことを知っていたようだ。

「そりゃ、おばあちゃんは好きだったけど、今ここに出てきたら怖い」

「どうして？」

田所くんはまたも追及した。

「生きていたおばあちゃんと、死んじゃったおばあちゃんは違う」

もごもごと答える。

「違う？」

「だって、死んじゃったから、躰がないもの」

おばあちゃんが生きていたときの肉体は、火葬場で焼かれ、お骨になって、墓地に埋葬された。

おばあちゃんはもういない。躰はどこにもない。

「躰はなくとも、心は残ると思わない？　魂は残るんじゃないの？」

「躰がないおばあちゃんはおばあちゃんじゃない。お化けだ」

「だから怖い？」

おれは頷いた。もとは同じ人間で、同じ世界に、同じように生きていた。それが今は違う。違うのが怖い。

「魂は同じだと思うけどな」

田所くんはどこか寂しげに言った。

「お化けになったおばあちゃんは、おれを連れていくかもしれない」

「死の世界に？」

おれはまた頷く。要するに、死、なんだ。死が怖い。お化けが怖い理由は、それに尽きるのかもしれない。

だけど、もちろん、そのときはそんな風に分析できなかった。

「宇宙人だって、人間を宇宙船の中に連れて行ったりするよね？」

「アブダクションだね」

田所くん、好きなだけあってすぐさま専門用語が出た。

「人間を異世界に迷い込ませる妖怪もいる」

「でもね、そっちはおれ、わりに平気なんだ」

おれは勢いづいた。

「宇宙船に乗ってみたいし、妖怪の世界もおもしろそう」

「そうかな」

田所くんはにやにやした。

「アブダクションされると、宇宙人にあやしげな外科手術をされるんだよ。謎の異物を体内に埋め込まれたり、内臓を抜かれたりもするらしい」

一瞬で宇宙人が厭になった。

「子どもを作らされたりもするそうだよ」

「本当に？　宇宙人がそんなことを？」ますます宇宙人が厭になるおれ。「何で？」

「宇宙人は、人間より高等な文明を持つ種族だ。人間のことを実験動物としか見ていないんだよ」

大嫌い、宇宙人。

「妖怪の世界だって、宇宙人と同じようなものかもしれないよ」

田所くん、駄目押し。

「人間界の方がいいね」

おれの「わりに平気」はあっさり霧散した。妖怪の世界でも子どもを作らされたりしたらたまらない。

「おれの血を受け継いだぬりかべや子泣きじじい。気持ちが悪い」

「『パパ』なんて呼ばれたりしてね」

田所くんはいっそうにやにやした。

「ぬりかべと木村くんのハイブリッド。悪くないと思うよ」

五年生のその夏まで、おれには田所くんの記憶がまったくない。でも、臨海学校、とくのその夜をきっかけに、おれと田所くんはとても仲が良くなったんだ。

浜辺でばちゃばちゃやっているとき、二人ではまなすの花を摘んだりした。

「おみやげにしたいな。おかあさんは花が好きなんだ」

と、田所くんが言っていたからだ。はまなすなんて花、おれはそのときはじめて知った。派手で大きなどピンクの花だった。お化けばかりじゃなく、田所くんは植物にも詳しかった。

「葉っぱが肉厚でざらざらしていて、まるで猫の舌みたいでしょう。だからこれは猫の舌って名前なんだ。はまぼうふうも生えている」

教えてもらいながら、田所くんの真似をしていろいろ草花を摘んだけど、部屋に戻ったらたちまちしおれてしまった。適当に放置していたせいだろう。田所くんはちゃんと持って帰れたのかなあ。覚えていない。

三

田所くんと仲良くしていたのは、五年生の夏のあいだだけだった。

それなのに、いろいろな話をしたことを、よく覚えている。

臨海学校から帰ってきてからも、夏休みはまだまだ続いていた。

小学校で開いているプール教室に毎日通おう、と言い出したのは、田所くんだった。

「赤線のままで終わるのは悔しい」田所くんは熱く言った。「黒帽を目指そうよ」

田所くんの目標は高かった。実のところ、おれは青線くらいでいいかな、と思っていたのだ。

けれど、田所くんの意気込みに流された結果、八月の半ばにプール教室が終わるころには、おれは黒線になっていた。

「田所くんのおかげだ」

おれは言った。本当にそうだ。おれひとりじゃ、ぜったいに続かなかった。毎日毎日、田所くんが横にいて、ちょっとずつ一緒に距離を伸ばしていけた。だから泳げるようになったんだ。

「黒帽には届かなかったけどね」

田所くんは真っ黒に日焼けしていた。おれと同じだ。

「来年は黒帽を目指そう」

調子に乗ったおれはすっかり強気になっていた。

「そうだね。できるものなら、そうしたいね」

田所くんの返事がいささか曖昧に感じたのは、気のせいではなかったと思う。

次の夏、田所くんはもういなかった。そうなることを、おそらく田所くんはこの時点ですでに知っていたんだろう。

田所くんの家庭は事情《わけ》ありだった。おとうさんとおかあさんが離婚してしまっていたのだ。

「おとうさんはB区でおかあさんはS区、ふたりとも、別々のマンションで暮らしている。ぼくはどっちへ行けばいいのかわからない」

田所くんは、寂しそうに言った。

「おとうさんもおかあさんも同じくらいに好きだから、困るんだ」

田所くんの悩みは深刻だった。

「おとうさんとおかあさんが別れたのは、ぼくのせいなんだよ」

田所くんのご両親が離婚に至った経緯など、おれにはわかりようもない。が、そんなことはないんじゃないかと思う。

「そんなことないんじゃない」

思ったままを言うしかない。なにせ五年生。しかも、ちょっと前まで物心がついていなかったようなおれ。そのくらいの慰めしか言えない。

「いいや、そうなんだよ。ぼくさえちゃんとしていれば、おとうさんやおかあさんとずうっと一緒にいられたはずなんだ」

そんな責任感、おれにはない。そもそも、父親と母親の関係がどうなっているのか、なんて考えたことすらなかった。そりゃ、ときどきは夫婦喧嘩もしていたのは知っていたけれど、離婚するかもしれない、なんて心配をしたことはなかった。おれにとっては、父親も母親も、天地創造のころから存在していて、世界滅亡のそのときまで一対でいるものだと信じきっていた。

だけど、田所くんにとってはそうじゃなかった。そうじゃない世界もあることを、田所くんに教えられたんだ。

「ちゃんとするって、どういうことなのかわからない」

おれは訊いた。

「田所くん、ちゃんとしているじゃん」

「していないよ。ちゃんとしているっていうのは、木村くんみたいなのを言うんだ」

「おれ、ちゃんとしていないよ」

それどころか、ちゃらんぽらんで、母親からはいつも叱られてばかりだった。朝は起こされても起きないし、ようやく起きてもだらだらしているし、喋ってばかりで身じたくは遅いし、トイレで歌って早く出ろと兄に怒鳴られるし、洗面所では洗顔クリームや歯みがき粉をまき散らすし、ようやく家を出ればハンカチだったり体操着だったり、なにかしら忘れものをしているし。

「それでいいんだ。そういうことなんだよ。木村くんが木村くんのまま存在している。そのことが、おかあさんやおとうさんが一緒にいられる、なにより大事な理由になる」

田所くんの言葉は、おれにはよく理解ができなかった。

「そうなのかな」

いい加減にしなさい、誰に似たのあんたは、って、いつだって母親はうんざりした顔をしているけどなあ。

このあいだも、風呂上がり、素っ裸のまま家じゅうを走りまわっていたら、ぶち切れられたばかり。やめなさい、みっともない。お兄ちゃんはそんなことしないのに、どうしてあんたはそうなの。そして尻に平手打ちを食らった。

「今日もまだ尻っぺたに母ちゃん怒りの手形がくっきり残っているよ」

「木村くんは、親孝行だよ。ぼくは親不孝だ」

田所くんは真顔だった。

「親孝行じゃないよ。母の日だって父の日だって、なにもプレゼントしていないもん」

うんと前、幼稚園では、母の日でも父の日でも、折り紙の造花やメッセージカードを作らされていた気がする。けれど、小学生になってからは、そのあたりの記憶がいっさいない。

「ぜんぜん親孝行じゃないよ。おれだって親不孝だよ」

「木村くんはそれでいい。じゅうぶんに親孝行なんだ」

田所くんは納得しなかった。

「親不孝なのは、ぼくだ」

静かに首を横に振った。

そんな風に、深刻な家庭の事情を語り合うこともあったけれど、田所くんとは、基本的には、とにかくお化け系の話ばかりをしていた。たとえば、プール教室が終わったあと、着替えながらその話題になる。

「プールに出る幽霊のこと、聞きたい？」

嬉しそうに話を振ってくるのは、たいがい田所くんからだ。

「聞きたくないけど、でも教えて」

うっかり聞いちゃうと、自分の家のトイレに行くことすら怖くなってしまう。わかっていながら、おれは身を乗り出さずにはいられない。

「四コースが危険なんだ。泳いでいると、足首に髪の毛がからみついてくるらしい」

「髪の毛？」

「かつて四コースで溺れた女の子の髪の毛だよ」

「うひゃあ」

おれは震え上がる。田所くんはにやにやする。

「うちの学校の話？」

「さあ、ぼくは本で読んだだけだけど、東京都内の小学校で起きる怪現象、としか書いてなかった」

うちの学校だって、東京都内の小学校じゃないか。その後は、自分に四コースが振り当てられないことを、ひたすら願うのみだった。

「この階段」

正面階段を上っているとき、田所くんに囁《ささや》かれたこともあった。

「夜中になると段の数が違うんだって、用務員さんが教えてくれたよ」

「本当に？」

おれの声もひそひそ声になる。

「今は昼間だから、十四段あるよね。それが、夜中は十三段しかないんだそうだ」

「うへえええ、怖あああ」

よく考えたら、階段の段が増えようが減ろうが、たいして怖くない。そりゃ、足もとを見ないで降りたら踏み外しそうで危ないけどさ。聞かされたときは怖かった。

田所くんがにやにやしながら語ると、凄みがあった。

「死後の世界って、信じる？」

そんな話をしたこともある。

「天国や地獄って、あると思う？」

「どうだろう。ある、と信じられてきたのは確かだけどね」

田所くんはにやにやしている。

「死んだおばあちゃんはあるって言っていた。今、どっちにいるんだろう。天国ならいいけどな」

おれは心配だった。

「木村くんのおばあちゃん、生きているあいだに悪いことはしてないんだろう？」

「たぶん」

答えながら、おれの不安は増した。おばあちゃんの人生なんて、おれはほとんど知らない。でも実は、あとから知ったこともある。おばあちゃん、旦那さん、つまりおれのおじいちゃんを若いときに亡くしているんだけど、そのあとけっこうもてもての人生を送っていたらしい。だからお通夜では二人の男、じいさんだけど、とにかく恋敵同士がにらみ合って、お葬式のあとはつかみ合って、かなりごたごたしたんだそうだ。罪な女だったみたい。悪いこと、なにもしていないとは思えない気もするんだな。

「重い罪を犯したりはしていないんだよね」

「たぶん」

「だったら大丈夫。天国だよ」

「天国ってどんなところなのかな。おばあちゃんは、仏さまが住んでいるおだやかなところだって言っていた」

おれはおばあちゃんのお骨を納めたお寺の本堂に置かれた仏像を思い出した。仏さまはでかくて全身金色でパンチの利いた髪型をしてあぐらをかいていた。やはりいささか心配だった。おだやか。本当にそうなのかな。

「仏さまが住んでいる浄土には、修行を積んだり善行を重ねたりしなければ行けないそうだよ。木村くんのおばあちゃんはどうだった？」

　善行はわからないけど、修行をしていなかったのは確かだ。

「仏壇にお花をお供えしていたよ。あと、朝起きたらすぐにお水もあげていた。炊きたてのごはんもあげていたな。果物やお菓子も必ず仏壇にお供えしてからおれや兄ちゃんにくれた」

　実際は、仏壇のなかでお花が枯れているときもあったし、お水もごはんもときどき忘れていた。そしてお供えしたあとのりんごやみかんや最中《もなか》や落雁《らくがん》は、お線香の味がしてまずかったから、おれも兄ちゃんもちっとも嬉しくなかった。

「木村くんのおばあちゃんはしっかりしていたんだね。きっと極楽浄土に住んでいるよ」

　枯れた花と忘れたお水とごはんの件、もちろん恋のさやあて話も知らない田所くんは請け合ってくれた。

「よかった。地獄は厭だもの」

　田所くんの眼が嬉しそうに輝いた。

「地獄は痛そうだよね」

おだやかな天国より地獄のことを話したい。田所くんもおれもその点は一致していたようだった。

「痛そう」おれの眼もぎらぎら。「嘘をついたら閻魔さまに舌を抜かれるんでしょ」

うんと幼いころから、おばあちゃんに言いきかされてきた。でも、嘘をつかないではいられなかった。おれの舌抜き刑は確定だ。

「舌を抜くときは、焼けた鉄の釘《くぎ》抜きを使うんだよ」

田所くんは、地獄ネタにもやはり詳しかった。

「抜かれても、すぐに新しい舌が生えてくるらしい」

はじめて知った。そうか、また生えるならよかった。

「それをまた抜かれる」

舌を抜かれるのは一回では済まないということか。ちっともよくない。

「地獄はたいがいそのパターンだよ。亡者が鬼たちに鉄の棒で全身を打たれて粉々にされる。また生き返って鉄の棒でボッコボコ」

「すごい痛そう」

おれはわくわく身をよじった。痛い話ってぞわぞわするけど、同時にわくわくもするよね。むろん、自分が同じ目に遭わないことが前提ではあるけれど。

「亡者が焼けた鉄の壁にはさまれてぺっちゃんこにされる。もとに戻ってまた鉄の壁でぺっちゃんこ、っていうのもある」

「人間おせんべいだ」

　ぞわぞわ。

「煮えたぎった油のなかで何百日も釜ゆでにされる」

「人間ポテトチップスだ」

　わくわく。

「亡者たちはどうしてそんな目に遭うの？」

「動物を殺したり、悪い考えにとらわれたりしたからだよ」

　ぞわぞわ。おれは同じ目に遭わないで済むだろうか？

「おれ、ぜったいに動物は殺さない」

「殺生はやめておくべきだ。殺したら、ぜったいに地獄行きだと考えるべきだね。閻魔さまと鬼たちがやる気まんまんで待っている」

　田所くんは楽しげに頷いた。

「動物は殺さない。虫はどうなの？　蚊やごきぶりや蟻《あり》やだんご虫やミミズは？」

蚊やごきぶりや蟻やだんご虫やミミズなら、おれはすでに殺生してしまっていた。

「さあ、虫は動物じゃないんじゃないの」

あやふや。田所くんは視線を泳がせていた。

「亡者たちがとらわれた悪い考えって、どんなことだろう」

「動物を殺すのに匹敵するほどの悪。相当に悪いよ」

「考えつかない」

「考えがない。だったら木村くんは問題ない。おせんべいやポテトチップスにはさ
れないで済む」

「よかった。それなら地獄に堕《お》ちても安心だ」

いやいや、ちょっと待て当時のおれ、安心じゃないだろう。まずは地獄へ行かな
い算段をしろ。

「でもね」田所くんの眼がまたもや輝いた。「地獄には、遊びにふけりすぎると、
巨大な臼《うす》ですり潰されるっていう拷問もある」

「人間とろろだ」

ぞわぞわ。あんまりゲームにはふけり過ぎないようにしよう。

「地獄、やばいなあ」

「地獄に堕ちると決まっているわけじゃないでしょ、木村くん」

「自信はないな。おれ、何かしら悪いことをやらかしそう。で、うっかり閻魔さまや鬼たちに会っちゃうんだ」

「考えすぎちゃいけない。地獄は、昔のひとが考えた戒めだよ。あくまでも、生きるうえでの戒めなんだ」

田所くんは笑っていた。

「生きていくひとたちは、天国を信じた方がいい。死んだあとでも、大事なひとたちとふたたび暮らせる世界がある。そのことを信じなよ」

考えてみれば、おかしな話ばかりしていたけれど、田所くんと話すのは、いつだって楽しかった。

八月は、おばあちゃんの新盆だった。

家族全員、父親と母親と兄、父方のおじさんおばさん、いとこたちとお寺へ行った。本堂でお坊さんのお経を聞きながら、眠気をこらえつつパンチの利いた金色の仏さまを見上げた。

田所くんの言葉を思い出して、天国のことを考えた。きっと、おばあちゃんは天国にいる。天国でパンチの利いた金色の仏さまと一緒なんだ。おばあちゃんが金色のパンチ頭にヘッドロックをかけ、仏さまがそのままおばあちゃんをバックドロップで返し。

「うわあ」

びっくりして声が出た。

「どうしたの」

母親が眼をまるくしておれの顔を覗き込んでいた。うとうとしていたみたい。とんでもない夢をみたもんだ。

そのあとすぐ、田所くんに会ったとき、仏さまとおばあちゃんのプロレスの夢話をした。笑おうと思ったんだ。だけど、田所くんは笑わなかった。笑わないで、衝撃のひと言を発した。

「木村くんとは、今日でお別れだ」

青天の霹靂《へきれき》っていうのは、ああいうことを言うんだろうな。

「な」

何で？　って言葉は咽喉で詰まって、ようやく発した声はかすれた。

「引っ越しちゃうの？」

　田所くんは眼を伏せた。

「夏休みが終わったら、学校にはもう行けない」

　田所くんと話していたのは、小学校に隣接したR公園だった。昼ごはんのあと、午後一時過ぎだったかな。金網越しに学校のプールが見える、藤棚のあるあたりだ。金網に沿った植え込みに、白粉花《おしろいばな》が黄色いつぼみをいっぱいつけている。朝から三十度を超える暑さで、空は青く雲は大きく盛り上がって、太陽はプールサイドをまぶしいほど白く照らし出していた。田所くんとおれのほかには誰もいなかった。蝉《せみ》の声が耳を覆うほどうるさかったのを覚えている。

「明日はもう会えないの？」

　おれは、おしゃべりなくせに、本当に言いたいことや言わなければいけないことは、うまく言えない。どうでもいいことだったら、ぺらぺら舌がまわるのにな。たぶん、深く考えていないからだろう。ちょっとでも考えちゃうと、もう駄目だ。胸がつかえて、舌が固まっちゃって、言葉が出てこなくなる。

　子どものころから、いまだにそうだ。

「新しい住所を教えて。手紙を書く」

　手紙を書くなんて、おれとしてはほぼあり得ない。文章を綴《つづ》るのは好きじゃなくて、年賀状さえろくろく書いたことがなかった。

けれど、そのときはそうとしか言えなかった。

「そうだね。それでいいね」

田所くんは、曖昧に頷いた。

「あとで木村くんに連絡をする。そうしたら返事をくれよ」

でも、けっきょくそののち、田所くんから連絡は来なかった。だからあんなはっきりしない態度だったんだろう。連絡ができないような事情がなにかあったんだと思う。それに、もし連絡が来ても、おれだってまともに返事をしたかどうかはわからない。手紙は嫌いだし、電話もメッセージも好きじゃない。むしろ苦手なんだから、一回二回はともかく、何回も連絡を取り合い続けるようにはならなかった気がする。

会わなきゃいけない。子どものころの友だちなんて、特にそうだよね。じかに顔を合わせて、話して笑って。そうしないと、つながりはすぐにほどけてしまう。すぐに仲良くなれるぶん、離れてしまえば簡単に終わってしまうんだ。

当時だって、うすうすはそれを感じていた。

その日、どのくらい激しい蟬しぐれのなかで、人影のないプールを見ていたのか、定かには記憶がない。長い時間だったようにも、あっという間に田所くんが別れを告げたようにも思える。

「じゃあね」

田所くんが背中を見せたとき、おれはこう怒鳴ったんだ。

「またね」

おれとしたら、信じたいことを口にするしかできなかった。

「会えるよね、また会えるよね、田所くん」

返事は聞かなかった。すぐさま背中を向けて、おれは走って帰ったんだ。

足を止めようとも、耳を澄まそうとも、ましてや振り返ろうとも思わなかった。どんな怪談より、そのときは、田所くんの答えを聞くのが怖かった。

おれは、それきり今日まで、田所くんに会えていない。

だから、田所くんにだけは、会いたいと思うんだ。

＊

ええ？

光ちゃん、なにを言っているの？

田所くんを知らない？

光ちゃん、忘れちゃったの？

そりゃ、田所くんは、卒業アルバムのメインの集合写真には写っていないけどさ。仕方がない。五年生の夏休みなんて中途半端な時期に転校しちゃったからね。

でも、田所くんは、確かにいたじゃないか。

え、五年生のときの臨海学校の集合写真にもいない？　そうだった？　そんなわけないがなあ。だって、ちゃんといたんだからさ。

集合写真だけじゃなく、スナップ写真にも、一枚も写っていない？　一年生から五年生までの、芋ほりのときにも国立科学博物館の見学のときにもI公園遠足のときにもT山登山のときにも、一枚も姿がない？

でもさ、おれだって似たようなものだと思うよ。そうでしょ？

さすがに卒業式前の集合写真にはいるけど、おれが写っているスナップ写真なんて皆無でしょ？

うん、まあ、おれは卒業アルバム自体、卒業式に受け取って以来、ほとんど見返してないから、そのあたり言いきられると自信はないよ。

何で見ないのかって？　だからずっと言っているでしょ。おれ、友だちいないもん。光ちゃんと大山くんだけ。それと田所くん。五年生までの記憶もおぼろげだし、アルバムを見たってまるきり他人《ひと》ごとみたいで楽しくないんだもん。

でも、田所くんはいたよ。間違いないよ。おれ、仲が良かったんだから。

なに？　光ちゃんにはそもそも田所くんというクラスメイトの記憶がない？　そんなはずあるか。おれにはあるよ。

いたんだよ、田所くん。

イマジナリーフレンド？　なにそれ？

おれにしか見えていない、おれの空想上の友だちだって言うの？　まさか。おれ、どれだけフレンドに飢えていたわけ？

でなければ、座敷わらし？　座敷わらしは知っているよ。妖怪でしょ。平田先生が言っていた？　それは知らない。

「みんなが卒業して、大人になったから話せるけど、あのときの臨海学校には座敷わらしがいたんじゃないか」

以前、同窓会に招待したとき、そんなことを言っていたの、平田先生？

「海辺で全員の人数を眼で数えていたら、ひとり多かった」とか「夕食のあとのミーティング時間、アンケートを兼ねた小作文を書かせたけど、なぜか予備の用紙が混ざっていて、人数ぶんより多く返ってきた」とか。

平田先生はそんな話をしていたのか。

だけどね、座敷わらしって、田所くんはそんな存在《モノ》じゃないよ。妖怪じゃない。

確かにいたんだ。

だいたい、おれが座敷わらしを知っているのだって、田所くんが教えてくれたからなんだよ。

四

このたびは、ロータス交通をご利用くださいまして、ありがとうございます。運転手の木村です。

目的地まで短いお時間ではありますが、どうぞよろしくお願いいたします。

どちらまでですか？

「木村くん、ひさしぶり」

やっぱり田所くんだった。会いたかったよ。

「あんまり驚かないね」

驚いているよ。けっこう、いや、だいぶ驚いているよ。おれ、さっきまで光ちゃんと会って話していたんだ。今日という今日まで疑いもしなかった。田所くんが。

「木村くんにしか見えていなかったこと？」

そんなことがあるわけないだろうって、半信半疑な気分ではあったよ。でも、今しがた、C会館に向かうお客さんを乗せて、たまたまあの場所を通るめぐり合わせになってさ。

「小学校の前を通過してね」

R公園の前で、小さな影が手を挙げておれのタクシーを呼んでいたからさ。もう夜の十一時だよ。子どもがひとりで出歩いている時間じゃないよね。塾の帰りにタクシーは使わないだろうし。で、もしかしたらって思った。今日という今日だし、田所くんが呼んでくれたんじゃないかって。タクシーを停めて、乗ってもらって、顔を見て、やっぱり田所くんだったなってすんなり思えたんだよ。

「ようやく会えたよね」

そんなこともあるって信じるしかない。こうして、田所くんが昔のままでここにいるんだから。

「木村くん、悪いんだけど、B区のH山駅に向かってくれる？」

いいよ。行こう。S通りから北上していって、O町あたりで左折してH山通りに入る。そんな感じでいいかな。

「お任せするよ」

田所くんは、おれのイマジナリーフレンドってやつなの？

「違うよ。ぼくは木村くんの空想じゃない」

友だちが少ないから、田所くんを作り上げちゃったわけじゃないんだね。なにせ、光ちゃんと大山くんと、それから田所くんしか思い出せないフレンドなし人間なおれ。ほかの同級生たち、ことに女子には名前すら覚えてもらっていないと思うよ。

「ぼくがそうだ。学校では、いなくなっても誰も気づかないような存在だった」

おれだって、みんなからしたら、いなかったのと同じなんじゃないかな。みんなと缶蹴りをしたとしても、誰も見つけてはくれない。隠れたままか、缶を守ったままか、どっちにしても遊びが終わったらひとりぼっちで残される。

「木村くんは存在しなかったわけじゃないよ。卒業アルバムの写真がある」

写真だけだよ。記憶にはない。

「木村くんには光ちゃんも大山くんもいる」

うん。だから、なのかなと思ったんだ。

「だからって？」

臨海学校のときは、光ちゃんも大山くんも黒線組で、おれだけ赤線だった。ふたりはイルカ女子に引率されて大海原を泳ぎ、おれはよそよそしい女子たちと波打ち際でばちゃばちゃ跳ねたのみ。部屋は同じだったけど、置いていかれた孤立感は確かにあった。だから、田所くんを頭のなかで作り出しちゃったのかなと考えないこともなかった。

「作り出してはいないよ。ぼくはお化けなんだ」

田所くんは座敷わらしなの？

「違う。そっちのお化けじゃない」

おれこそ座敷わらしみたいなもんだけどさ。

「ぼくは、木村くんが厭がる類のお化けだ。正確に言うなら、ぼくはあの日、女子たちがこっくりさんで呼び出したお化け、幽霊なんだ」

なるほどね。

「こっくりさんのやり方は知っている？　紙にひらがなで五十音を書いて、そこに十円玉を置いて、人差し指を添える。そして『こっくりさんいらしてください』と念じる。そして呼び出された『こっくりさん』に質問をするんだ。あたりをふらふらしていたぼくはうっかり招きよせられてしまったというわけ」

どんな質問をされたの？

「『奈々枝《ななえ》ちゃんのことを好きな男子は誰ですか』だって」

知らんがな。

「まさにそれ、知らんがな。ほかに答えようがないよね」

臨海学校に行って、幽霊を呼んでまでそれを訊くか？　小学校五年生の女子心理、謎すぎる。

「知らんがな、って返事をしかけたら、彼女たちが途中でわあわあ騒いで終わりになった。『しら、だって。白井《しらい》くんだ白井くんだ』『よかったよね両思いだ』『おめでとう』って、大盛り上がり」

白井って光ちゃんのことじゃないか。なにも今になって缶蹴りをしなくても、当時からもてていたんだな。

まあ、とにかく腑《ふ》に落ちた。

「怖い？」

いい気持ちとは言いにくいけど、怖くはないよ。田所くんだもの。あのときは女子がよけいなことをしやがると思ったけどさ。結果的にはよかったわけだ。

「よかったと思ってくれるんだ」

田所くんのおかげで、寂しくなくなった。楽しかった。

「嬉しいよ。ぼくも楽しかった。いい夏だった」

どうしておれにだけ田所くんが見えたのかな。

「波長が合った。というか、木村くんは見えるひとなんだよ。それに、ぼくも五年生の夏、あの海に行く少し前まで赤線だった。友だちも多くなかった。女子は苦手だった。知らないよ白井くん。気持ちがわかるってことじゃないのかな。それまでもママやパパのところやT海岸を漂っていたけれど、仲良くなれたのは木村くんだけだ。あれからもね」

田所くんも、おれと同じ学校に通っていたの？

「同じ区のT第一小学校。臨海学校で同じ宿舎に泊まった。そして事故に遭った。ママに頼んでスイミングスクールに通いだして、夏休み前に黒線に進級できた。まだまだ泳ぎに慣れていなかったんだろうね。一瞬で波に持っていかれて、それきり」

平田先生が話していたのは、田所くんのことだったんだね。

「木村くんよりだいぶ先輩かな」

防空頭巾をかぶった子たちに囲まれたわけじゃなかった？

「あっという間に鼻からも口からも水が入ってきて、気が遠くなった。幽霊を見るゆとりもなかったよ」

残念そうだね。田所くんのお化け好きは本物だな。

ご両親の話、どうして田所くんがあんなに責任を感じていたのか、ようやっとわかったよ。

「そう。ぼくさえ無事に生きていたら、両親は離婚しなかったと思う」

ご両親は、お元気なの？

「ふたりとも健在だよ。ママは再婚して、パパはひとりで暮らしている。ふたりとも、仕事をしながら、落ち着いた生活を送っている。H山にはパパのマンションがあるんだ」

　言うまでもないけど、料金はいらないよ。

「お金を持っていなくてごめん。R公園からH山、けっこうな距離なのにね。これじゃまるで詐欺だ」

　いいんだよ。ひさびさに会った幼な友だちなんだ。そりゃ、光ちゃんや大山くんだったら働いて稼いでいる大人だからきっちり払わせるけど、田所くんは子どもだ。

「子どものうえ、お化けだからね。そういえば、木村くんの不思議なお客さんの話が聞きたいな」

　不思議なお客さん？　化け猫？

「おじいちゃんのふたり連れの、ふとっ腹なお客さんの話」

　あ、光ちゃんに話そうとして、やんわり拒否られたネタか。ああいう話、光ちゃんにはまるで興味ないんだよね。現実世界でもてるだけあって現実主義なんだ。けど、田所くんは好きなはずだ。

「大好きだよ。やはりタクシーにはその手の怪談が多いんだね」

　怪談、現実に起こるからびっくりだよ。

帰りの高速代まで払ってくれると言う長距離のおじいちゃんたち。乗ったのがF川の不動尊の前でね。目的地は茨城県のO海岸だよ。遠い遠い。走ること二時間ちょい。夜中近くで道路が空いていたからその程度で済んだけど、昼間だったら三時間はかかったろうな。料金は、深夜割増もつくから、それはもうおいしいおいしい金額になった。ところがどっこい、家に着いたら「わしらは金を持ってない」でおれの顔面は蒼白《そうはく》。

「呼び鈴を鳴らして、あんたからうちの者に事情を話してくれ」

参った、面倒なことになっちまった。深夜二時半にインターフォンを鳴らして、家族をたたき起こして説明するなんて、大もめは必至じゃないか。でも、そのとおりにするしか方法がない。

門構えが立派な家だった。家は闇に沈んでいたけれど、かなり大きな瓦屋根の二階建てなのはわかった。

ピンポーン。

返事は、予想よりは早く返ってきた。

「はい」

寝ていたのは明らかな、重くこもった男の声。

「タクシーです。お身内の方をお乗せしてここまで参りましたが」

「料金を持ってこいと言うんですね。いくらです？」

すんなり。拍子抜けしたよ。

「ありがとう」「お疲れだったな」と、ふたりはタクシーを降りていった。「あんたは若いのになかなかいい運転手さんだな。機会があったらまた呼ぶよ」というお褒めの言葉ももらったよ。やがて門が開いて、むっつりした中年のおっさんが出てきた。おじいちゃんたちはおっさんには声もかけず門の奥へするりと姿を消す。

で、ウン万何千円。こちらこそ心からありがとうございました。機会があったらぜひぜひまたよろしくお願いします。名刺を渡しておけばよかったと思ったくらいだったんだけどさ。

同業者の顔なじみ、アオヤギさんによると、アオヤギさんも同じお客さんを乗せたことがあってね。もう三、四年前のことで、そのときはおばあさんが奥から出てきたんだそうだ。おばあさんはおれと会ったおっさんとは違って、いそいそ嬉しそうに門を出てきたんだって。で、おじいさんたちが出ていったばかりの後部座席のドアを拝むように頭を下げた。

「帰ってきてくださってありがとうございました」

アオヤギさんがきょとんとしていると、おばあさんは理由を話してくれた。

昔から、ここの家の庭にはお社があった。けど、あるとき、家を改築するにあたって、社を取り壊すことになったんだ。そうしたらおばあさん、その当時は十代の学生だったおばあさんの夢枕にふたりの、いや、神さまだから二柱って言うんだっけ。とにかく神さまが立って、告げた。

「わしらがいなくなったらこの家は困る。それでも社を壊すというのか」

「しかしかねがね旅に出たいとは思っていた」

「社を壊すなら、旅に出ることにする」

「が、ときには戻る」

「そのときは忘れず旅費を払うこと。そうしないとおまえたちが困るのだ」

眼を覚ましたおばあさんは両親にこのことを話した。だけど、父親はただの夢だと笑い飛ばして、社はやっぱり壊されたんだそうだ。そしたらそれ以来、タクシーの運転手が訪ねてきて、料金を請求するようになったんだ。おれとかアオヤギさんみたいにね。やっぱり真実だったかと、おばあさんの母親は震え上がって、お金を払うことにした。婿養子をとって家を継いだおばあさんももちろん同じようにした。ところが息子の代になって、信じないと言い出した。悪質なタクシー運転手がそんな手口を使って自分の家をカモにしているに違いないと主張して、ある夜は門を開けなかったんだ。その運転手は泣き寝入りをしたみたいで、警察沙汰にはならなかった。しかし、その直後、原因不明の火事で家が全焼したんだそうだ。

それは二十年以上も前の話らしい。家はどうにか建てなおしたけれど、息子の父親、おばあさんの旦那さんも病気をして手術を繰りかえしたのち亡くなるわ、息子の奥さんは浮気して離婚して家を出ていくわ、息子の息子はグレて暴力事件を起こすわ父親のベンツを乗りまわして事故を起こすわ。さんざんな出来事が続いたらしい。

アオヤギさんがおじいさんズを乗せたとき、神さまはまた旅から帰ってくるようになったんだね。おれに料金を払ったのはその息子だったのかもしれない。さすがに息子も笑えなくなったようだ。

「そのマンションの前で停めてくれるかな」

H山通りから一本奥へ入り込んだだけなのに、静かな通りだね。ここがおとうさんのマンション？

「うん、六階に住んでいる。両親はね、ふたりとも、ぼくを思い出しても、悲しみはしなくなったよ。遠くてやさしい思い出になっている。それでいいんだ。悲しいことやつらいことはいずれ薄まる。毎日の記憶を積み重ねて、過去を覆っていくんだ。生きていくってそういうことなんだもの」

でも、忘れ去ることはないね。

「生きているひとたちにとっては、忘れた方がいいのかもしれない。痛いばかり、苦しいばかりの記憶を抱いて生きるなんて、自分自身を苦しめるだけだ。思い出は薄まって、いずれやさしくなる。でないと、生きていけないよ」

おれは、田所くんを忘れないよ。ご両親とは違う。薄めなくてもいいんだ。悲しくなかった。楽しかった。

「木村くん、本当にありがとう」

お礼を言うのはおれの方だよ。

田所くん？

田所くん、もう、いないの？

*

ひっそり静まったマンションのエントランスから、男性がひとり駆け出してきた。

「タクシーじゃないか。ちょうどよかった」

手を振って、運転席を覗き込む。

「お願いしていい？」

四十歳くらいかな。よれよれのTシャツに麻のハーフパンツ。まるきり寝巻きだ。

こんな時間にどこへ行くんだろう。

「もちろんです」

おれは後部座席の扉を開けた。男性は嬉しそうに乗り込んでくる。

「G町までお願いします」

「はい」

内心ちょっと驚く。G町か。田所くんを乗せたR公園のすぐそばだ。また戻ることになるのか。田所くんが言っていたように、けっこうな距離だから、ありがたい稼ぎになる。

「こんな時間だから、H山通りに出てタクシーを呼ばなきゃならないと思っていたんですよ。このあたり、裏道でしょう？　あんまりタクシーが通らないからね」

「よかったですね」

言った途端、エントランスから女性が飛び出してきた。

「ひゃああ」男性がかぼそい悲鳴を上げた。「早く行って、急いで」

焦った口調で言うと、身を伏せる。

「急いでね」

女のひとは周囲をきょろきょろ見まわしている。ぎょろぎょろ、と言った方が適切。殺意のあふれた顔つき。

なにか悶着《トラブル》があったみたいだ。それも、けっこうまずいやつじゃないか？

「行って」

おれはタクシーを発進させた。

「助かった」

男性は安堵《あんど》の息をつきながら、言った。

「運転手さん、このマンションまでお客さんがあったの？　よかった、よかった。いいタイミングだった」

ひょっとしたら、田所くんが気を遣って、タイミングを合わせてくれたのかな。

「お客さんじゃないんです」

H山通りに出て、右折をした。

「友だちを乗せて来たんです」

＊

田所くん。

五年生の夏、田所くんはおれの友だちだった。

光ちゃんと大山くん以外、クラスの誰も覚えていないだろう。缶蹴りしたって、誰も見つけてくれない。座敷わらしみたいなおれの、友だち。

お礼を言うのはおれの方だよ。

友だちになってくれて、ありがとう。

田所くん。

また、会えるよね？

猫またに会ったこととか、女性の幽霊を乗せちゃったこととか。とびきりの話をまだしていない。
聞きたいと思ったら、いつでもおれのタクシーを呼んでくれよ、田所くん。

第三章　オガワ堂さん

答えは「昨日まで」にぜんぶ詰まっているじゃないの。
「昨日まで」とまるで変わらない今日が来てしまえば、
はい、おしまい。

このたびは、ロータス交通をご利用くださいまして、ありがとうございます。運転手の木村です。

目的地まで短いあいだのお時間ではありますが、どうぞよろしくお願いいたします。

一

お邪魔します。

お弁当屋さんの二階と三階がお住まいなんですね。道路に面した店舗の真上がキッチンで、厨房《ちゅうぼう》の上がリビングルームになっている。三階は二間に分かれていて、おやじさんとひなたさん、それぞれの個室。わかりました。はいはい、閉店時間が来るまでリビングルームで待っています。トイレは一階、厨房の奥にあるんですね。はい、行きたくなったらお借りします。

階段はわりと急ですね。気をつけないと危ないな。おやじさんのためにこのごろ手すりをつけたばかり？　正解だと思います。

リビングルーム、散らかってなんかいないいない。床によけいなものも置いていないし、すっきり片づいているじゃないですか。きれいです。

そこのソファに腰をかけて、ＴＶで野球でも観《み》ていますよ。とは言ったものの、午後四時半。中途半端な時間だ。プロ野球中継にはまだ早い。すもうはついこのあいだ千秋楽だったから観られない。

大丈夫、大丈夫、おとなしく待っています。片づけとか明日の下ごしらえとかあるんでしょう。気にしないで仕事に戻ってください。

へへへ、はじめて彼女の家のなかに入っちゃった。

ひなたさんのご自宅のリビングとキッチン、合わせて十五畳くらいはあるのかな。奥の窓からの眺めはと、あんまりよくないな。この建物は三階建てだけど、窓の外にすぐ、ええと、二、三、四、五、六、七階建てのマンションが建っている。ほとんど日が当たらなくて昼間でも家のなかが暗い、って、いつだったかひなたさんがこぼしていたけど、これじゃねえ。あ、でも、マンションとの隙間に中庭があるんだ。幅は二メートルもないね。ひょろ長い木が葉をみっしり茂らせている。ここの建物と同じくらいの高さだ。ざらざらの幹に細くて小さい葉っぱ。実もなっている。見たことがあるよな。そうだ、小学校の横のR公園にも生えていた。田所くんが名前を教えてくれた気がするな。何て名前だったろう？　木の下に、小さな祠《ほこら》みたいなものが見える。神さまを祀《まつ》ってあるようだ。あるある、古くからある小さな神社って、ビルの谷間にひっそり残っていたりするよ。建物の屋上に移築したりもするよね。ここもそうなんだ。どんな由緒ある神さまなんだろう。

まあいいや。とりあえずソファに座らせてもらおう。観たい番組も別にないけど、ひとまずはTVをつけておこう。

ああ、ちょうどドラマがはじまったところみたい。けっこう古そうなドラマだ。再放送なんだろうな。

マンションの一室だ。六畳あるかないかのリビングルーム。小ぶりなベージュの布張りソファに中年の男女がふたり。家飲みをしているみたい。テーブルの上にまぐろの刺身と鶏《とり》のからあげ、それからじゃがいもの煮物のパック。スーパーマーケットのお惣菜《そうざい》コーナーで買ってきて、そのまんま並べたんだろうな。お皿に移しかえたりはしない。うちの母ちゃんと同じだ。男は缶のレモンサワー、女は缶ビールを飲んでいる。ずいぶんリアルな描写のドラマだな。

男は色褪《いろあ》せた赤のTシャツを着ている。Tシャツ、浅草って大きく白抜きの勘亭《かんてい》流で書いてあるよ。ださい。外国人用のおみやげかね。ジーンズはハーフ丈。きたないすね毛なんか出さなきゃいいのに。女はフレンチスリーブの白いブラウスにウエストはゴムってまるわかりのゆるい花柄スカート。服装から察するに季節は夏。今と同じくらいかな。部屋着でまったりとくつろいでいる感じ。しかし味気も色気も薄めだな、このふたり。

恋愛ものかな。サスペンスものなのかな。

男「あいつを殺そう」

サスペンスものみたいだな。

女「いきなりなにを言うの」

男「笑っているけどね。俺は本気だよ。あいつを殺そう。本気で言っている」

女「そもそも、あいつって、誰？」

男「あいつだよ。うちの大福《だいふく》だ」

女「奥さん？」

ちょ、この男、奥さんのことを大福って呼んでいるわけ？　ひどくない？

つまり、この女のひとは奥さんじゃないわけだ。そしてここは女のひと、愛人の住居なんだな。不倫からはじまる、妻殺しのサスペンスドラマか。

男「会っては別れ、別々の部屋で暮らす。いつまでも繰り返しだ。このままでは富美子《ふみこ》と一緒にはなれない」

女「わかっている。だからって、奥さんを殺すことはないんじゃないの」

男「あいつが死にさえすれば、道はおのずとひらけてくる。といって自然死を待ったところで、大福はここ数年、風邪すらひかない健康体。俺や富美子の方が先にくたばりそうだ」

ふたりとも、知らない俳優だなあ。地味というか、普通な感じ。普通のおじさんとおばさんだよな。このひとたち五十歳くらい？

女「違う。私は四十五歳、彼は四十八歳」

五十歳と同じようなもんじゃないか。

女「同じじゃないでしょ」

いや、そりゃ、五歳と八歳、幼稚園児と小学二年生を小学四年生と較《くら》べたらはっきり違うけどさ。二十歳、いや、三十歳を過ぎたら大差ないと思うな。

女「大差ないけど同じじゃない。明確に違うだろ。簡単に決めつけるな若造」

すみません、お、おねえさん。

女「おばさんと言いかけたでしょ」

ち、違いますよ。邪推です。おねえさん。

女「おねえさんはやめなさい。そういう微妙な気遣いはうっとうしい。私の名前は斎藤《さいとう》富美子。この男は小川啓太郎《おがわけいたろう》です」

斎藤さんと小川さんですね。わかりました。

斎藤「再現ドラマに戻ります」

はあ、お願いします。

登場人物自ら自己紹介。親切なドラマだな。

そうか、登場人物が観客、視聴者に直接話しかけるという演出なのか。そんなアメリカ映画を観たことがある。このドラマも同じ形式なんだな。

しかし再現ドラマって、どういう意味だ？　再現ってことは、実話をもとにしているのか？

小川「俺はもう、大福も、あんなしけた店に縛りつけられて生きるのも、うんざりなんだ」
斎藤「そう考えるなら、奥さんをどうこうするより、まずはあなたが家を出たらどうなの」
小川「あの大福がすんなり離婚に同意するとも思えないし、俺がこれまで耐えた二十年が無駄になる。俺としてはきっちり二十年ぶんの対価が欲しい」
斎藤「対価？　慰謝料って意味？」
小川「名目はどうでもいい。とにかく見返りだ。金を得たうえで自由になりたい。なにかいい方法を思いつかないか」
斎藤「私が考えるの？」
小川「その手の本はたくさん読んでいるじゃないか」

カメラが切り替わって、リビングルームの壁に置かれた斎藤さんの本棚。『犯罪の昭和史』『犯罪の民俗学』『現代殺人の解剖』『殺人ケースブック』『殺人百科』『残虐犯罪史』『明治大正事件史』……

ガラス扉つきのがっしりした木製の本棚に、物騒な題名のノンフィクション本がずらりと並んでいる。

どうして？　何でこんな研究をしているの、斎藤さん？

斎藤「研究じゃない。ただの趣味」

趣味って、犯罪とか殺人がですか？

斎藤「犯罪を扱った実録ノンフィクション作品を読むのが趣味なの」

楽しいんですか？

斎藤「とても楽しい。再現ドラマに戻ります」

よろしくお願いします。

小川「悪いことは富美子のお得意分野だろ。でかい肉切り包丁も持っているし、死体の処理はお手のものだ」

斎藤「死体の処理って、ひと聞きが悪い。いくら私が肉屋勤めだからって、捌《さば》くのは牛や豚や鶏。それにああいう本は参考にならない。書かれているのは露見した犯罪。要するに失敗例ばかりだもの」
小川「それじゃ、計画は俺が練る。俺が考える役だ。で、富美子は実行する係な」
斎藤「は？　私に手を下せと言うの？　何で？」
小川「牛や豚や鶏とはいえ、俺よりは肉の扱いの達人じゃないか。俺の自由は富美子の自由。俺のしあわせは富美子のしあわせ。ふたりの望みはひとつ。大福が死ぬことだ。そうだろう？」
そうじゃないと思うがなあ。
斎藤「大福が死ねば俺はしあわせ。富美子だってしあわせ。それが小川の結論」
強引な結論だな。
斎藤「この話、この夜は冗談に紛らわせて終わった。私も、まさか本気とは受け取っていなかった。悪い冗談だと思っていたんだけれどね」

小川さんは本気だったんですか。

斎藤「めいっぱい本気だった」

で、大福殺人の計画をしたんですか？

斎藤「それは、順を追ってゆっくり教えるけどね。そもそも、小川って男はオガワ堂って和菓子屋さんの婿養子なわけ。縛りつけられて生きているとか何とか言っていたけど、お店を切り盛りして働いているのは奥さん。この男は毎日、のらりくらりと遊んでいるわけよ」

駄目な男だなあ。

斎藤「駄目な男なのよ」

駄目な男なのに、どうしてつき合ったんです？

斎藤「はじめはおもしろいと思ったわけ」

ありがち。どこで知り合ったんです？

斎藤「勤め先のスーパーマーケット。夕方、勤務を上がってから、売り場で買い物をしていたの。お酒のコーナーでワインを選んでいたら、『ワインにお詳しいんですか。どれがおいしいのかな。おすすめはありますか？』と話しかけてきたのがきっかけ」

斎藤さんの職場、高級食材を扱うセレブリティ御用達のスーパーマーケットなんですか？

斎藤「いいえ。庶民的な価格設定の、ごく普通のスーパーマーケット」

スーパーマーケットの売り場でソムリエ的助言を求めてくる。なに言ってるんだこいつ感しかなくないですか？

斎藤「一本千円以下の棚を眺めていたのに、ねえ。それで『はあ？　詳しくないです』ってはねつけて、これ見よがしにいちばん安い一升紙パックのワインをかごに入れてさっさとその場を離れた」

大正解です。見え見えの軟派作戦じゃないですか。

斎藤「ところがその後、退勤後のお酒コーナーでしばしば顔を合わせるようになった。昼間に精肉売り場の前でばったり出くわしたこともある。この店で働いているんだ、とばれもしてしまった」

気持ち悪いですね。ストーカーじゃないですか。

斎藤「勤め先のお客でもあるからねえ。にっこり会釈をして来られると、完全無視もしにくくて、社交辞令的に目礼を返すようになった。そのうちひと言、さらにふた言、挨拶を交わすようになって、ある夜うっかり『お酒、お好きですよね。これから一杯どうですか』に乗ってしまった」

見え見え軟派作戦にうまうまと引っかかってしまったわけですね。

斎藤「そのときも夏だった。缶ビールを買って帰ろうとしていたのだけれど、この男の誘いに乗れば生ビールをジョッキでぐびぐび飲める。そちらの誘惑にも抵抗しがたかった」

おれは飲まないからよくわかりませんが、酒好きなひとたちってそういうものなんですね。何歳のときですか？

斎藤「四十歳」

どへえ。
若いころうっかり釣り上げられたわけじゃないんだ。最近の話じゃないですか。
四十って、不惑でしょ。惑わない年齢でしょ。落ち着くべきじゃないですか。惑わされないでくださいよ。

斎藤「あなた、何歳?」

おれですか。来月の誕生日で二十四歳になります。

斎藤「まだ若いからよ。おじさんおばさんになれば落ち着くものだと思っている」

いや、必ずしもそうじゃないですよ。職業がタクシーの運転手ですから、落ち着いていない中高年の男性女性はしょっちゅう見ています。おれという他人がいるのに、後部座席でいちゃいちゃし出すのは、たいてい中高年の方々ですよ。落ち着くどころか、みな、血気さかん。燃え上がっています。それに、おれの亡くなった祖母はおじいさん二人を手玉に取った魔性の女でした。

斎藤「だったら中高年がいかに浮ついた存在かは十二分に理解できているでしょう。年齢《とし》をとり、しわやしみ、白髪が増え、腹肉がたるみ、背中に肉がつき、尻肉が落ち、頬や顎がだぶつき」

いやいや、そこまで自虐に走らなくてもいいじゃないですか。

斎藤「肉体はどんどん相応のヴィンテージ物になっていっても、中身はそうそう成熟しちゃいないわけよ」

それはよくわかります。ちょっと言葉を交わしているだけでも、このおっさん大丈夫かって思うことがよくありますよ。態度も言葉遣いもやんちゃな子供《ガキ》なみにひどい。無礼というか、礼儀知らず。ちょっとでも気に入らないことがあると即座にぶち切れる。いい年齢《とし》をしていきがりやがって。本当に大人なのかな。家へ帰ったら親だったりするのかな。どの面を下げてお子さんにしつけや教育をしているのかな。首を傾げてしまっていますよ。

斎藤「赤ちゃんなんでしょう」

赤ちゃん。しょうもないおっさんおばさんのことはみなさんそう表現なさいますね。わかりやすい。

斎藤「だから家に帰れば、奥さんがママをやってあげている。女の子ってママの役がうまいの。ままごとのころからね」

そんなものですか。

斎藤「本人があきらめて受け入れさえすればね」

勉強になるドラマだなあ。

斎藤「あたしはそれが無理で、離婚しちゃったけどね」

斎藤さん、バツイチだったんですね。

斎藤「二度と結婚も同棲もするものかと思っていた」

何歳のときに離婚したんですか。

斎藤「三十一歳」

その年齢で決めちゃうのはもったいなくないですか。まだ若いじゃないですか。四十五歳の今だっていけなくはないですよ、斎藤さん。白髪は多いし、顔立ちは地味でしわも目立って年齢相応に見えるけど、でぶでぶでたるたるってことはないし、もはや女として見られないってほどじゃないです。でも、その花柄ゴムスカートはおばさんくさ、いや、今いちお洒落《しゃれ》じゃないと思います。

斎藤「お世辞を言えない正直な若者ね」

すみません、お気を悪くされましたか。でも、褒めたつもりでした。たぶん小川さん以外に言い寄る男だってまだまだいたんじゃないですか。

斎藤「言い寄るって、やらせてくれるならやってやる、って、血に飢えたやぶ蚊みたいな連中のこと？　そういうのなら、いた」

いや、そんな、ちょっと気温が高くなると下水からわいて来そうな男だけじゃなくて、斎藤さんのことをちゃんと好きになってくれる男です。

斎藤「いない」

きっぱり断言しますね。いなかったですか。

斎藤「いない。いやしない。自分から好きになったことも、相手が好きになってくれたこともない。恋愛は、そのへんにいくらでもごろごろ転がっているわけではないのです」

それはわかります。おれの過去も惨憺《さんたん》たるもんです。でもですね、映画とかドラマとか、フィクションの世界ではみんなが恋愛を謳歌《おうか》しているし、街を歩いていたってしあわせそうな男女ばかり。世の中、うまく行っている彼氏彼女は多いように見えるのに、おれにはまったく縁がない。なぜだ。

斎藤「つまり、フィクションなの。現実の世界では、しょっちゅう恋愛ができる人種は少数派。そして身近にいるそういう恋愛貴族は、ことさら華やかでも美しくもない。ハリウッドのスター同士なら、ラブシーンも美しいんだけどね」

そうですね。いちゃいちゃしているお客さんで、美男美女っていうパターンはまずないです。あって美女と野獣か野獣と美男か。ぶっちゃけ野獣と野獣がもっとも多いですね。お願いだから見せびらかさないで、って言いたくなる組み合わせ。亡くなった祖母とおじいさんたちの三角関係だって、深く考えたくはありません。あくまで精神的な、プラトニックな仲だったと信じたい。

斎藤「そんなわけないでしょう」

ですかねえ、やっぱり。考えないようにしよう。

でも、少なくとも祖母はおれよりは勝ち組です。少数派とも思えない。

斎藤「次から次へと、しょっちゅう相手を替えて恋愛ができる人種は、ってこと。ほかの多くは、それができないから、ひとつの恋愛、ひとりの相手にしがみつく」

ああ、そうか。納得しました。

斎藤「それがいざこざのもとになる。わかってはいたんだけどね」

小川さんのことは好きになっちゃったんですね。

斎藤「小川もやぶ蚊の一匹だったけどね」

いや、そんな。おれはそうは言っていないですよ?

斎藤「見え見え軟派作戦を展開してきた小川と、それまでのやぶ蚊。どこが違うんだ、と思ってはいるでしょう?」

すみません。否定できません。

斎藤「実際、自分でも不可解。まんまと引っかかっちゃった。別れたもと旦那のときも同じ。うっかり好きになって結婚をして、こんなはずじゃなかったという後悔ばかりを抱えて離婚した。誰かと生活をともにするのは、私には無理なんだと思い知って、十年近く、恋愛沙汰ゼロで清く正しく楽しく生きていた。不満はなかったはずなのにね。自分には向いていない恋愛って妖怪にふたたび捕まった」

妖怪ですか。

斎藤「妖怪。恋の奴《やっこ》って聞いたことはない？　家にありし櫃《ひつ》にかぎさし蔵《おさ》めてし恋の奴のつかみかかりて。万葉集。穂積《ほづみ》親王。まさにそんな感じ」

万葉集。古典ですか。得意じゃなかったな。徒然草ならちょっとわかります。知っているのは猫またの話だけですけど。猫またならわりと詳しいんですよ。万葉集はよく知りませんし、その歌もはじめて知りました。きっちり鍵をかけて収納していたやつがいきなりつかみかかって来るんですか。なるほど妖怪ですね。怖ろしい。

斎藤「自分にとって、好きなひとは必要だった。そして、好いてもらうことも必要としていた。一緒にいて楽しい時間、やさしくされてやさしくする時間が、私には必要だった。相手の人格がどうでもね」

わかります。おれも欲しいなあ、そういう時間。

斎藤「小川の誤算は、女はいずれ結婚したがるものだと決めつけていた点だったかもしれない。奥さんを殺したいと言えば、私が一も二もなく賛成すると考えていたんでしょうね。私は、結婚はしたくなかったし、小川と夫婦になりたい欲はなかった。ときどき会って、楽しく過ごして、お互いにやさしい顔ができていればよかった。そりゃ、会えない時間が長くなればもやもやと胸にわだかまるものもあったけど、気をまぎらわす方法を知らないわけじゃなかった」

犯罪研究ですか。

斎藤「読書好きの人間は、ひとりの時間がぜったいに必要だし、退屈というものを知らなくてね」

浮気男にとって都合のいい趣味と考えをお持ちだったんですね。小川さん、だいぶ幸運だった。

斎藤「でも、そうは言っても、私と小川を繋《つな》いでいたのは妖怪。何十年もこの関係が続いていけば、どうだったか。どんどんおばあさんになって病気でも抱えれば、私だって違った考えに至ったかもしれない。小川と入籍はしないままでも、ふたりで暮らしたいと願うようになったかもね。そのあたりは何とも言えない。妖怪の怖いところよ」

小川さんと同棲するのはおすすめしたくないなあ。だって、奥さんを殺そうなんて言っちゃう男ですよ。

斎藤「それよ。奥さんを殺す。しかも実行するのは私。この夜、そんな話をされたことで、小川の本質が見えちゃった」

駄目な男ってことですか？

斎藤「小川は自分のことしか考えていない、ってことがよ。知り合って五年も経っている。仕事もしないで毎日ふらふらしている男なんですよ。はじめのころは部屋に遊びにくるたびケーキやらワインやらをおみやげに持ってきてくれたり、手料理を作ってくれたりしたけれど、このころはそんな気遣いもまったくしなくなっていた。駄目なのはとっくにわかっていました」

サービス期間は終了しちゃったわけですね。なのに別れなかった。

斎藤「駄目でもよかった。私だってそうそう褒められた人間じゃない」

趣味は犯罪実録研究。かなり特殊ですもんね。

斎藤「駄目でもよかった。でも、自分ばかりが可愛くて、私のことは可愛くも大事でもない。そこが見えてしまうと、どうしてもやりきれなかった」

別ればよかった。別れるべきです。別れちゃいなさいよ。

斎藤「別れろ三段活用。友だちからも同じ忠告をされていた」

友だちの忠告、聞くべきだったですね。

斎藤「書物という名の友だちよ。ほかに友だちはいなかった。だからかもね。別れることができなかった」

おれも友だちは少ないです。見えても、わかっても、別れられなかったのは、恋の奴だけが理由ではないんですね。

斎藤「恋の奴は、他人とのつき合いが苦手な人間をさらに孤立させる魔物でもある。もと旦那と出会う前は、私にも文字の羅列じゃない友だちがいたんだけどね。もと旦那にばかり深入りすることで、その友だちとも縁が切れてしまった」

彼女ができるとつき合いが悪くなるやつ、確かにいますね。

斎藤「あなただって、ここの家の女の子のこと、好きなんでしょう」

ひなたさん？

いやあ、実はまだ、ぜんぜんつき合えてはいないんですけどね。ここの一階で彼女がおやじさんと経営しているお弁当屋にちょくちょく買いに来るようになったのが縁のはじまり。知り合ってから一年以上は経つんですが、映画に行って食事をして別れるという健全なデートを二回したきり。こうやって家に入れてもらうのもはじめてです。三回めの今日だって、おやじさんが友だちと出かけて遅くなるそうなんで、めしを食いに行く約束をしただけ。たぶん健全外のことは起こらないと思われます。お互いにまだ他人行儀な丁寧語で話していますしね。むろん、一気に深い深ーい不健全な仲になりたい下心がないわけじゃないですけど、がつがつ焦ってかえって嫌われちゃう方が怖い。

斎藤「嫌われるのが怖い。あなたもたいがい恋の奴にがんじがらめのご様子」

まだまだそんな仲なのに、このまえ会った友だちには、すでにつき合っている相手みたいに匂わせてしまいました。

斎藤「話を盛ったわけね」

思いっきり盛りました。このままなにも進展がなかったらどうしよう。

斎藤「再現ドラマの方もそろそろ進展させます」

はい、お願いします。

斎藤「私は尚代《ひさよ》さんに会いにいきました」

ひさよさん？

斎藤「小川の奥さん」

二

鉄筋コンクリート造りの小さな建物の一階。

『オガワ堂』と書かれた古びた木の看板が軒先に掲げられている。

入口はガラス扉。奥に向かって細長い造りの店で、左側の壁に沿って陳列台があり、店の中ほどに大きなショーケースが置かれている。深緑の暖簾《のれん》の向こうが製造室のようだ。

ショーケースの中には、しょうゆだんごとみたらしだんごとあんこのだんご、どら焼き、平たい豆もちが並べられている。それだけ。あまり多くの種類を扱うお店ではないみたい。

背の高いおじいさんがひとり、ガラス扉を開けて店内に入っていく。中折れ帽をかぶって紺のベロアジャケットを羽織ったおじいさん。季節は秋なのかな。寒そうではないから、冬ではないみたい。

と、暖簾を分けて中年女性が出てきた。

尚代「いらっしゃいませ」

このひとが殺されかけている奥さん、尚代さんか。やはり四十代なかばくらいなのかな。白い割烹着《かっぽうぎ》にふっくらまるまるした身を包んでいて、眼も鼻も唇もまるい。大福。なるほど。似ていないこともないこともないね。

客「みたらしだんごとあんこのだんご、二本ずつください。あんこは粒あんの方だよ」

尚代「はいはい。うちはこしあんがおいしいんだけどな」

客「俺は粒あん派なんだ。いつだったか、大福と草もちを買ったけど、今日はないんだね」

尚代「草もちは春限定。大福は来週になったらね。今週は豆もちの週だから」

客「お彼岸にはぼたもちを買ったけど、今日はない。あれも季節限定かい。オガワ堂さんは、あんたの代になってから、品数がぐんと減ったね」

尚代「昔からいた職人も辞めちゃったし、亭主もぜんぜん働いてくれないものでね。あたしひとり、女の細腕でどうにかやっているんですから、そのへんは堪忍

　してください」

細腕ってほど細い腕には見えないな。小川さんの腕の方が細そう。

客「細腕の努力は買うけどさ。大福のあんこ、しょっぱかったよ」

尚代「塩を入れすぎちゃったのね。いまだにやらかすのよ。あたしは粒あんよりこしあん派だから、こしあんなら失敗はないの。しょっぱいのが無理ならこしあんを買ってください」

ひどい和菓子屋だな。

客「ひどい店だね、ここは」

尚代「うはははは」

笑い声、でかい。

尚代さん、豪快すぎ。あんまり殺されそうな雰囲気じゃないな。

客「オガワ堂さん、おとうさんの代に作っていたおやきはおいしかったな」

尚代「あたしも好きでしたよ。でも、売れ残りをしょっちゅう食べさせられていたから、飽きちゃってねえ」

客「野沢菜と切り干し大根が定番だったけど、お正月前に特別にお肉のおやきを売っていたじゃない。あれがとびきりおいしかった」

尚代「合いびき肉の、甘みそのやつね。あたしもいちばん好きだった。父ちゃんのオリジナルみたい。出身が長野県だったから、おやきには思い入れがあったのね」

客「復活させてあげてよ。とくに肉のやつ。肉まんとは違って、皮がもっちりしているのに薄くて軽いせいか、いくつでも食べられた。また作ってみてよ」

尚代「作り方はね、受け継いじゃいるんだけど、父ちゃんの味を出せる自信がないのよね」

客「頼みますよ。あんたならできるよ。その細腕を存分にふるってくれ」

尚代「善処いたします。うははは。ありがとうございました」

うまそうだね、お肉のおやき。

おやきって、おれ、食べたことないや。あとで検索してみよう。どんなのかな。

客「知らんのか、若いの。惣菜やあんが小麦粉の皮に包んであるおまんじゅうみたいなものだよ」

お客さん、お店を出ていく前にわざわざ教えてくれた。

ありがとうございます。親切なドラマだ。

客「礼には及ばんよ」

いいひとですね。おれもこんな風に粋なおじいさんになりたい。

入れ違いに、またお客さんが店に入ってきた。

尚代「いらっしゃいませ」

誰かと思ったら、黒いシャツに黒いタイトスカートの斎藤さんだ。黒ずくめの斎藤さんが大福のような尚代さんのお店に降臨。いよいよ修羅場がはじまるのか。

斎藤「降臨なんて、悪魔みたいな言い方はやめなさい。心配、というか不安になって、来ずにはいられなかっただけ。あののち、小川は会うたび奥さん殺害計画を話すしね。その都度、聞き流してはいたけれど、濁ったものが胸のうちに溜《た》まるようだった。で、夏の終わり、仕事が早番だった日、帰りにお店へ来てみた。K町三丁目のオガワ堂っていう和菓子屋だと聞いていたから、場所はすぐに調べられた」

K町三丁目？

ひなたさんの店と同じだな。つまり、ここだ。

オガワ堂の外観、そういえばこの建物に似ている。どころじゃないな。そっくりだ。ひょっとしてロケ地はここか？　お店の外装も内装もぜんぜん違うけど。

すごい偶然もあったものだな。

斎藤「さすがに、はじめて来た日はなにも言えなくて、おだんごだけ買って帰るしかなかった。なにも言い出せないまま、早番のたび二回三回四回と通った」

けっこう熱心に通いましたね。

斎藤「しょうゆだんごが思いのほかおいしかった。焼き具合の香ばしさもおだんごのもちもち加減もしょうゆ味のしょっぱさも絶妙でね。すっかりはまってしまった。尚代さん、いい腕だ」

よかったですね。って、よくないよくない。そんなことを言っている場合じゃない。軟派作戦の生ビールといい、食方面の誘惑に流されやすいんですね、斎藤さん。

斎藤「そう、流されやすいのよね。そんなことを言っている場合じゃなかった。通いつづけて五回六回。尚代さんがあたしの顔を見覚えたひと月ばかり前の夕方。いつものようにオガワ堂へ行ったら、シャッターが下りていて、貼り紙がしてあった」

『店主、怪我《けが》のため、しばらく休業いたします』

店主って尚代さんですよね。どうしたんですか。

斎藤「そのあと小川に会ったとき、訊いてみたの。たまたまお店の前を通って貼り紙を見た。奥さんが怪我をしたらしいけど、どうしたの？　小川は『階段を踏み外したんだ。ふとりすぎだよ』って笑っていた」

小川さんがなにかしたわけじゃなかったんだ。ひと安心ですね。

斎藤「安心じゃなかった。続けてこう言ったの。『下の方の段だったから、打ち身だけ。骨にひびも入らなかった。もっと上で踏み外してくれりゃよかったな。うまいこと頭を打ってくれれば死んでくれたかもしれないのに。すべりやすくするためにワックスを塗っておいた方がよさそうだ』」

冗談じゃなく？

斎藤「真顔で言っていた。それに、小川は植物の本を買ってきたの。毒性のある植物ばかりを紹介した図鑑みたいな本。それをぱらぱらめくりながら、ぎんなんの食いすぎでも死ぬことがあるんだな、って感心しているの。奥さんはぎんなんが好きだから、秋の終わりにはみやげにたくさん持って帰ってやろう、なんて言う。オガワ堂の近所に銀杏《いちょう》並木があって、時季になるとぎんなんがたくさん落ちているらしいの」

ありますね。K町三丁目の坂の上だ。D大学のキャンパスがあるんですが、その脇の通りです。

斎藤「本気で怖くなってきた」

で、改めて奥さんに会いに来たんですか。

会って、どうしようと？

斎藤「再現ドラマに戻ります」

どうぞどうぞ、戻ってください。

斎藤「しょうゆのおだんごを五本ください」

やはりだんごは買うわけですね。黒ずくめ対白かっぽう着。だけど、斎藤さんも奥さんも、二人とも地味。舞台は古びた町の和菓子屋。小道具はおだんご。三角関係の修羅場感はゼロだな。

斎藤「うるさい」

尚代「お黙り」

黙ります。ごめんなさい。

尚代「お客さんは、しょうゆだんごがお好きですね」
斎藤「オガワ堂さんのおだんごがとてもおいしいからですよ」
尚代「ありがたいですね。手前みそですけど、おだんごはいつもおいしく焼けてくれます。あんこでときどきやらかしちゃうのは、たいがい亭主と口喧嘩をしたあとでね。店を手伝いもしないで遊び歩いているくせに、こまごまねちねち因縁つけやがる。そりゃ塩辛くもなりますよ。まあ、うちの商品がまずかったら亭主が悪いということでご勘弁願います」
斎藤「奥さん」
尚代「勘弁できないですよね。ははははは。そりゃそうだ。お客さんには関係のない話なのにね」
斎藤「あなた、旦那さんと別れた方がいいですよ」
ええ、斎藤さん、いきなりそれを言っちゃう？
顔なじみになって来たお客さんにそんなことを言われたら、奥さんはめちゃくちゃ動揺するだろうな。

尚代「おっしゃるとおりだわね」

動じてないよ、尚代さん。

斎藤「旦那さんは、あなたに対してひどいことを考えていますよ」

尚代「そうでしょう。あたしも自分の失敗はみんなあの男のせいにしている。顔を合わせれば眉間にくっきり縦じわ三本、声を聞けば疳《かん》の虫がかりかりと跳ねだす。早く出かけろ、帰って来るな。毎日そう思っている。ひどいものよ。亭主だってあたしと別れたくてうずうずしているでしょう。お互いさまだわ。うはははは」

また笑っているよ。尚代さん、鋼のメンタルだな。

尚代「でも、亭主は必ず帰ってくるのよね。わかっている。うちの亭主が離婚しないのは、あたしがオガワ堂の持ち主だからです。売り上げは赤字すれすれで、ぼろくて小さい店ではあっても、商業地の一等地。売り払えばまとまったお金になるもの。で、あなたはうちの亭主の恋人なんですか、お客さん？」

斎藤「え」

わかっちゃったの？

女性の勘ってやつですか？

尚代「あんたね、そりゃ、わかるでしょう。別れろ、あいつはろくでなしだ、とわざわざ言いにやって来る女。本人はばれていないと思っているけれど、亭主が浮気をしたのは一度や二度じゃない。またその手合いかと考えるのは理の当然。女性の勘じゃなく帰納的推理。ジェンダーは無関係。女性の勘などという手あかのついた決まり文句でわかったふりをする、おのれの無知と無礼を悟りなさい」

悟ります。テンプレート式発想。思考停止でした。すみません。

尚代「あなた、うちの亭主がそんなに好きなの？　あの男と一緒になりたいから、あたしと別れて欲しいわけ？」
斎藤「好きだと思っていたけど、よくわからなくなってきた。だから奥さんにこんな話をしに来たんです。奥さんに別れろなんて言えた義理ではない。別れるべきは私の方なのはわきまえています」
尚代「冷静だわね、あなた。頭がよさそう。あの男にはもったいない」
斎藤「別れるのなら、その前に、奥さんに伝えておかなければならないことがある。だから来たんです」
尚代「伝えるって、なにを？」
斎藤「小川さんは、奥さんに、死んでほしいと思っています」
尚代「でしょうね」
あくまで動じない鋼鉄の尚代さん。
尚代「喧嘩のたび自分でも言っているもの。『ひしゃげ大福、さっさと死んじまえ』『肥満しすぎでくたばりやがれ、ラードの塊』」

ひどいね。そこまで言うか。

尚代「あの男に金があれば、殺し屋を雇ってもおかしくない」

斎藤「小川さんは、自分ではなるべくなにもしたくないと思っているんです」

尚代「つまり、あたしを殺すとしても、手は汚したくない？　金だけじゃなく度胸もない。まあ、知ってはいたけど」

斎藤「殺し屋は雇えない。だから、私に、奥さんを殺させようと考えています」

うわあ、言っちゃった。

尚代「あなた、名前は？」

斎藤「斎藤です。斎藤富美子」

尚代「富美子さん、あたしを殺したいと思う？」

斎藤「思いません」

尚代「だったらひとまず問題はないでしょう。あの男に手を下す度胸はない。このまま、なにごともなかったかのように生きて行けばいいだけよ」

斎藤「奥さんは、あのひとと別れる気にはならないんですか」
尚代「めんどくさい」
ええ、なにその理由。そんなものなの？
わからねえなあ。自分に殺意を抱いている危ない男ですよ？　別ればいいじゃないですか。だって、斎藤さんと違って、尚代さんにつかみかかって来た恋の奴はいないわけでしょ？
尚代「なぜ決めつける？」
すみません。またやらかしました。おのれの無知と無礼を反省します。
斎藤「こうして奥さんに伝えることは伝えたし、私は別れます。小川さんは私を利用しようとしているだけですよね」
尚代「それも、ひとを殺させようとしている。最悪な男ね」
斎藤「最低な男です」

尚代「あなたは別れられるし別れた方がいい。逃げた女にしつこくつきまとえるタイプでもないでしょう、あの男」
斎藤「見苦しく追ってはこないでしょう。そうした自尊心は高い男です」
尚代「自尊心というより幼稚な全能感よね。少しでも自分の価値が下げられた、傷つけられたと感じたら、ひたすら見ない風を装う」
斎藤「なにもなかったことにして、次の女を探すと思います。あっ」
尚代「あっ」

あっ。

尚代「次の女は、あたしを殺しに来るかもしれないな」
斎藤「ですね」

で、でも、大丈夫じゃないの？
だって小川さん、そんなかっこいいおじさんじゃないでしょう。首まわりがよれた浅草Tシャツを着た、すね毛がきたないおっさんでしょう。お金だって持っていないんでしょう？　それなのに次から次へと女性とつき合えるわけがないですよ。

尚代「でも、あの男、これまでけっこう女を作って来た実績があるからね。まあ、たいてい長続きはしなかった」

斎藤「本人によれば、相手の多くは水商売の女性だったようです。向こうにとってもつまみ食い程度の遊びだったのかもしれません」

尚代「かっこよくないし金もない。つき合っていてうま味なんかない。だからさっさと棄てられる。でも、懲りずにちょこちょこ女に粉をかけていた」

斎藤「かけられました。私です」

尚代「富美ちゃんは堅気《かたぎ》だったから、わりと長続きしちゃったのね。かっこよくないし金もない。つき合っていてうま味もない。それでもよしとしてくれた」

斎藤「私だって小川さんのことは言えない。若さはとっくにないし、美人じゃなしスタイルがいいわけじゃなし金持ちマダムでもなし。堅気は堅気ですけどね。いったん好きになったら、あれもこれもよしとしてしまったわけです」

けっきょく、顔とかスタイルとか年齢とか、無関係ではないにせよ、決め手ではないんですね。最終的に勝利を得るのは、まめに動いて、ここぞというとき口説くやつ。

斎藤「男でも女でもそう」

尚代「若くても中年でも老年でも、同じこと」

斎藤「だって、たいがいの人間は、引っ込み思案で奥手なものでしょう」

尚代「もじもじしているうちに、チャンスを逃すわけよ」

斎藤「相手の方からアプローチしてくるって期待をして、自分自身の大事な気持ちは伝えない」

尚代「下手に動いて恥をかきたくない。傷つきたくない。自己保身の意識の方が強いからね。で、気がついたとき、好きな子は動きが素早いだけのへんなやつに盗られている」

斎藤「あなたもそうだったでしょ？」

え、おれ？

尚代「心当たりがあるんじゃないの？」

ありますよ、ありますよ。

痛いところをついて来るな、このひとたち。

確かにおれもそんな経験がありますよ。

高校三年のとき、つき合いかけていたワタナベさんっていう女の子、いや、もうすっかりつき合っているつもりでいたんですけど、気がついたらほかの男、イトハラと仲良くなってしまいました。つき合いかけたのがちょうど受験のときだったせいもあって、デートの時間がなかなか取れなかったんですよ。間の悪いことに、約束をすればインフルエンザにかかっちゃうわ。次の約束のときには伯父さんが亡くなって葬式があるわ。忙しい冬でした。で、毎日毎日、学校で顔を合わせてはいたけれど、二人きりで会えない時期がずるずる続いた。

斎藤「連絡はしていなかったの？」

メッセージとかメールとか電話とか、おれは苦手なんですよ。うまく言葉が出ないんです。じかに会えばべらべら語れるんですがね。それがよくなかったのかな。

尚代「よくないわよ」

斎藤「いいわけがない」

一方で、彼女とそいつは毎日みたいにメッセージのやりとりをする仲になっていた。

斎藤「ほらね」

尚代「メッセージのきっかけは、あんたと会えなくて寂しいって相談だったんじゃないの？」

どうしてわかったんですか。

尚代「過去の多くのデータから導き出された帰納的推理。ありがちな成り行きともいう」

好きだ、って告白はワタナベさんからだったのに。

尚代「好きなんて気持ちは盤石じゃない。すぐに揺らぐものよ」

斎藤「若かろうが中年だろうが、そこは同じです」

ワタナベさん、正月に家族で温泉旅行をしたからって、おみやげもくれたんですよ。温泉クッキー。受験の合格祈願のお守りも、わざわざY天神まで行って買ってきてくれた。バレンタインデーにはチョコレートだってくれたんです。ことあるごとに贈りものをしてくれた。盤石だと思っちゃうじゃないですか。

尚代「おみやげや贈りものは、確かに、あなたに好意を抱いていますというひとつの指標《バロメーター》だけれどね。好きです、という思いをいくら物に託して示してみても、こいつは自分の存在をないがしろにしている。そう気づいたら好きじゃなくなるに決まっている」

ないがしろにはしていないですよ。おれなりに好きでした。ホワイトデーにはワタナベさんが食べたいと言っていた有名な店のチョコレートケーキを買いましたよ。ザッハトルテって言うんですか。三千円以上もした。

斎藤「喜んでくれた？」

受け取ってくれなかったんです。ほかに好きな男ができたから要らないって、そのときにばっさりふられたんです。おれに関する悩みをイトハラに相談しているうち、おれにはない彼のやさしさと思いやりに惹《ひ》かれてしまったんだそうです。

尚代「おまえの貢ぎものなど誰が受け取ってやるものか。嫌いになった、という、この上ない意思表示だわね」

斎藤「ザッハトルテはどうしたの」

できれば彼女に押しつけて、イトハラと一緒に食えと棄て台詞《ぜりふ》を決めてやりたかったんですが、あまりのことに茫然としてしまって頭がまわらず言葉も出ず。茫然としたままおれが食いました。

尚代「涙の味がしたでしょう」

チョコレートが濃厚でうまかったですよ。ないがしろになんかしていなかったつもりだけどなあ。

斎藤「連絡をしなかったんでしょう。メッセージのやりとりが苦手だから、とか、完全に自分だけの都合じゃないの。彼女の知ったことじゃない。それをないがしろって言うの」

学校で会えば笑顔で話してくれていましたよ。

尚代「そりゃ、笑顔は作る。好きな男にならいくらでもいい顔が作れる。でも、だからこの女は俺に惚《ほ》れているから大丈夫なんて図に乗られると、そのうち、笑顔になることが難しくなってくる」

斎藤「嫌いメーターの数値がどんどん上がっていって、どこが好きだったのかわからなくなってしまう。そうなってからの笑顔は普段どおりの自分に見せかけるための仮面でしかない」

うわあ。ワタナベさんのあの笑顔、仮面だったわけ？

尚代「嫌われた男は最後まで理解しないのよ。昨日までと同じなのに、どうして？ってね。その『昨日まで』が問題なのにさ。答えは『昨日まで』にぜんぶ詰まっているじゃないの。『昨日まで』とまるで変わらない今日が来てしまえば、はい、おしまい」

斎藤「嫌いメーターが限界を超えた。ゲームセットです」

そうなのか。そうだったのか。
あのころに知っていれば、ワタナベさんに嫌われずに済んだかもしれないなあ。

尚代「今さらだわね。この先、気をつければいいんじゃないの。苦手だなんだ言っていないで、ひなたちゃんには連絡をまめになさい」

はい。

斎藤「このまえ会ったときは好きだって言ってくれていた。笑顔を見せてくれた。おみやげもくれた。だから大丈夫だなんてたかをくらないこと。雑な扱いをすると、相手にはすぐに伝わる。そして嫌いメーターがまわり出す」

はい。

くれぐれも気をつけます。はい。

尚代「勉強になるドラマでしょ」

はい。

斎藤「再現ドラマに戻ります」

引き続きよろしくお願いいたします。はい。

三

場面はまた斎藤さんの部屋に戻った。

茶色い暖かそうなフリースパーカーとジーンズ姿の小川さん。ソファに背をもたせかけて、本を読んでいる。パーカーにはローマ字でASAKUSAと。うわあ、またか。どれだけ浅草が好きなんだ、小川さん。

冬仕様なのか、オレンジ色の毛糸のカバーがかかったソファ。毛玉だらけの年季の入ったかぎ編みカバー。うちみたい。斎藤さんの趣味、おれの母親に似てるな。もこもこした白のニットワンピースを着た斎藤さんはダイニングテーブルに陣取って、ノートパソコンのキーボードをぱちぱち叩いている。仕事の書類でも作っているのかな。お肉屋さんにも必要な書類はあるだろうしな。

冬になった。そして二人は別れていないんだ。

小川「毒なんて、効かないやつには効かないもんだな」

斎藤「またそんな本を読んでいるの。いい加減にあきらめたらどう」

小川「ぎんなん、二時間もかけて拾い集めたんだぜ。大きなビニール袋にぱんぱんに詰めて帰って、フライパンでじっくり炒《い》ってやったんだけどな。大福のやつ、ぴんぴんしていやがる」

斎藤「かえって元気になったんじゃないの。滋養があるっていうものね、ぎんなん」

小川「じゃがいもの芽も効かなかった。毒があるって書いてあるから、ダンボールごと買いこんで発芽させて、毎日いも料理を作ってみたのに」

斎藤「どんなメニューを作ってあげたの」

小川「ええと、とろとろに煮込んだポタージュスープ、生クリーム入りのマッシュポテト、かりかりに焼いたベイクドポテト、チーズをたっぷり載せたグラタン」

斎藤「おいしそう。奥さんがうらやましい」

小川「うらやましいものか。毒の芽をがっつり混ぜ込んであるんだ。なのにけろっとしているばかりか、さらにむくむくふとってきやがった」

斎藤「生クリームやチーズをたっぷり使ったじゃがいも料理。そりゃふとるわよね」

小川「大福が食い尽くしてくれるよう工夫した。なのに毒は仕事をしてくれない」
斎藤「加熱するとビタミンCみたいに毒素が壊れちゃうんじゃないの。たぶん毒殺は無理ってことなのよ。おみやげに手料理。ずいぶんご無沙汰よね。私も欲しいなあ」
小川「やはり一位《いちい》だ」
斎藤「私の意見や希望は聞いてくれていないようね」
小川「一位。うちの裏に生えている木だよ。葉っぱに猛毒がある」

一位。そうだ。思い出した。
さっき見た、この建物とマンションのあいだにあった木、一位っていうんだ。昔、R公園で、田所くんが確かにそう言っていた。
毒があるのか。はじめて知った。

小川「一位の葉を大福に食わせてみよう。しかし元来、食用じゃなし。どう仕込むかな。そうだ、細かく刻んで日干しして、緑茶に混ぜればいい」
斎藤「効かないやつには効かないってこぼしていたばかりじゃないの。奥さんはラスプーチンみたいに毒が効かない体質かもしれない。やめておきなさいよ」

小川「やめない。そもそも富美子が手伝ってくれないから悪いんだ。富美子がやってくれさえすれば、俺はこんな苦労をしなくて済むのに」

キレ気味に斎藤さんのせいにする小川さん。そりゃないよな。

斎藤「だって、あなたの計画って、杜撰《ずさん》なんだもの。店番をしている奥さんを襲って強盗に見せかけるとか、買い物帰りを狙って自動車で撥《は》ね飛ばせとか。どう考えてもすぐに捕まっちゃう」

小川「そう思うなら、富美子が計画を立ててみてくれ」

斎藤「考えるのは自分の役だって言っていなかった？」

なるほど、小川さんに考えさせておきさえすれば、尚代さんは長く生きていられそうですね。ぎんなんとか、じゃがいもの芽とか、悪いけど笑っちゃう。

斎藤「この会話をしたのが、十二月のはじめ。それから仕事が忙しくなって、しばらく小川とは会うことも連絡をとることもなかった。クリスマスにお正月準備と、師走はかき入れどきでね。二週間ほどのち、よりによってクリスマスの夜だった。もうちょっとで退勤という時間に、尚代さんから電話がかかってきた」

電話？

尚代さんは斎藤さんの連絡先を知っていたんですか？

斎藤「小川のことを打ち明けた日から、ずっと連絡を取り合っていたの。オガワ堂へも行っていたし、お店の定休日と私の公休が重なった日には一緒にお茶を飲んだりもした」

仲が良くなってしまったんですね。

斎藤「会えばわりに話が弾んじゃった。で、小川がなにを企《たくら》んでいるか、ぜんぶ尚代さんに告げ口していた」

ぎんなん計画もじゃがいもの芽計画も、尚代さんは知っていたわけですね。そうか、だったら自衛できるわけだ。食べたふりをして食べなかったのかも。ラスプーチン体質ではなかったんですね。

ラスプーチンって誰ですか？

斎藤「グレゴリー・ラスプーチン。二十世紀初頭の帝政ロシア末期、ロマノフ王家に重用された高僧。病気を治す不思議な能力があったといわれ、ことにアレクサンドラ王妃からの信頼は厚かった。宮廷内での権力を憎まれ、最期は暗殺された」

すらすら出ますね。さすが犯罪実録研究者。

で、十二月二十五日の電話は、どういう内容でした？

斎藤「『小川が死んだ』」

えええええ？

あ、場面が変わった。『オガワ堂』さんの店のなかだ。

暖簾の奥、厨房の床に、カーキ色のスウェットの上下を着た小川さんがあおむけで倒れている。

眼は半開き。ぴくりとも動かない。本当だ。死んでいるみたい。

その横に、ざっくりしたチュニック丈のセーターとレギンスという部屋着姿の尚代さんと、黒いダウンコートに身を包んだ斎藤さんが立っている。仕事場から駆けつけてきたばかりなんだろうな、斎藤さん。

なにがあったんだろう？

尚代「階段から落ちたの。それも最上段からね。このごろやたらすべりやすいな、とは思っていた。このあいだ怪我をしたばかりだから、あたしは気をつけていたんだけどね」

斎藤「このひと、階段にワックスをかけると言っていたこともあった。かけたのかもしれない」

尚代「そうだろうと思った。畜生め。食器洗いも風呂掃除もエアコン掃除も厭がった男が、わざわざワックスなどかけやがって、挙句は自分が仕掛けた罠《わな》にはまった。馬鹿丸出しだわ」

急な階段だな。上り口、見覚えがあるような気がする。
やっぱりこの建物に似ていないか？　まさか、実際にこの建物でロケ撮影をしたとか、あり得るのかな？

尚代「生きていた。うめきながら立ち上がりかけて『救急車を呼べ』って言ったわよ。でも、そこのでかい麺棒で頭をぶん殴って、息の根を止めちゃった」
斎藤「すぐに死んだの？」
斎藤「やっちゃったのね」
尚代「だって、自業自得でしょ。この男があたしにして来たこと、富美ちゃんがいちばんよく知っているでしょう？　おみやげだ、と言ってぎんなんを採ってきたり、じゃがいも料理を作ったりさ。まるで新婚のときみたいにまめまめしく動きまわっていた。富美ちゃんから話を聞いていなければ、単純に喜んじゃっていたかもしれない。仕事をしない、いまいましい亭主でも、少しはあたしに悪いと思っているのか、くらいに甘く考えてね。だけど、こいつはあたしに死んでほしくてそんな真似をしていた。なのに自分が怪我をした途端『救急車を呼べ』と命令するんだよ。殺そうとしているこのあたしにね。頭に血がのぼって、眼の前が真っ赤になった。抑えられなかった」

斎藤「わかる」

尚代「あのね、あたし、富美ちゃんは憎くない。嫉妬なんかない。そう思っていたんだよ。でもね、怒りの火のなかに、やっぱり富美ちゃんの件もあった。間違いなくあった」

斎藤「……わかるよ」

尚代「憎んではいない。でも、腹立たしかったし、ちょっとは傷ついていた」

斎藤「そうだよ。当然だよ」

尚代「富美ちゃんから注意をされてはいたけど、あたし、ぜんぶ食べたんだよ。ぎんなんも、毒の芽入りのじゃがいもフルコースもね」

斎藤「ええっ、どうして？」

尚代「どうしてだか、自分でもよくわからない。死なせたいなら死んでやれ、って棄てばちな気分もあったのは確か。二十年以上、夫婦として暮らしてきた結果、亭主が出した答えは、死んじまえ。毒を食ってやるのも仕方がない気もした」

斎藤「一位のお茶も？」

尚代「飲んだ。異様な味がしたから、たくさんは飲めなかったけど、飲むことは飲んだ。でも、あたしは生きている。死んだのはこいつの方だった」

小川さん、つくづく自業自得だよな。ほかに言葉はない。

尚代「父ちゃんは、あたしに、職人だったスルガさんと一緒になって、オガワ堂を継いで欲しがっていた。あたしも、スルガさんのことは嫌いじゃなかった。スルガさんは腕もいいし真面目だった。だけど、父ちゃんは急に死んでしまって、見習いとして雇ったのがこいつ、啓太郎だった。あたし、どうしてこいつのことを好きになって、結婚なんかしちゃったんだろう。思い出せない。でも、あのときは好きでしょうがなかった。啓太郎と夫婦になれなきゃしあわせになれないと信じていた。まさか、二十何年も経って、こんな破目になるとはね」

尚代さん、ぜんぜん鋼のメンタルじゃなかったんだ。

申しわけありませんでした。

尚代「スルガさんは、あたしが結婚しても、オガワ堂に残って働いてくれていた。十年前、ようやく独立して、郷里にお店を出すことになって、お店を辞めた。そのとき言われたんだ。結婚してしまったあとも、尚代ちゃんが好きだった。啓太郎はあんな男だから、いつかは別れるかもしれない。別れなくても近くにいたい。助けたいと思っていた。それで独身のまま店にいてくれたんだって。おとうさんが亡くなられて、病気がちなおかあさんがひとりで残されてしまった。おかあさんは近くに住んでいるおにいさん夫婦との折り合いがよくないから、帰郷することに決めたけれど、本当はずっとそばにいたかった。そこまで言ってくれたんだ。信じられる？」

斎藤「信じるよ」

尚代「そんな男、スルガさんだけだ。あたしみたいな女を、そこまで想ってくれていた。それなのにあたしは啓太郎と別れなかった。『さっさと死んじまえ』『くたばりやがれ』とまで罵られながら、殺してやりたいと胆《はら》の底から願われるほど嫌われていたことに気づかなかった。啓太郎は変わることはない。だったら変わらない毎日を過ごすしかない。どこかであきらめて、それで済ましてしまっていた。富美ちゃんと会ってからでさえ、啓太郎との関係を清算することはおろか、見つめなおそうともしなかった。死なせたいなら死んでやれ。それだけ。考えるのもめんどうくさがっていた。でも、今日になってようやくわかった。あたしにもまだ怒る気力は残っていたんだ。以前は子どもができなかったのが悪かったみたいに考えたりもしたけれど、今となれば正反対だ。あたしと啓太郎に子どもがいなくてさいわいだった」

尚代さんにも妖怪が憑《と》りついてたのかな。恋の奴。それとも別のお化けだろうか。

尚代「こんな話ができるのは富美ちゃんだけだ。これも本音なんだよ」
斎藤「わかっている」
尚代「さあ、富美ちゃんはもう帰ってください。やらなきゃいけないことがたくさんある」
斎藤「警察へ行くの？」
尚代「行かない。素直に自首なんてしたくない」
斎藤「やらなきゃいけないことって、どうする気？」
尚代「死体を処分する。正直言って、切り刻んでやりたい」
斎藤「手伝わせてくれる？」

えええええ？
手伝うの？

尚代「ここまで話せただけで、富美ちゃんにはじゅうぶんつき合ってもらったよ」
斎藤「手伝う。私、精肉売り場の主任なんだよ。肉の扱いは慣れている」

何ですか、その理屈。共犯になっちゃうのに？

斎藤「尚代さんが小川を殺すような破目になったのは、私にも罪がある。ここまで関わりを持った以上、罪はともにかぶるべきだと思った」

わからないなあ。殺人事件の共犯ですよ？

斎藤「もっと言うなら、罪に深く関わりたかった。これは尚代さんと私の事件だもの。手放したくなかった」

もっと言われても、もっとよくわからないけど、そうなんですね。

斎藤「私と尚代さんは、小川の死体を風呂場に運び込んだ」

風呂場？

斎藤「死体を切るなら血が流れるからね」

尚代「風呂場とトイレが厨房の奥にあってよかったよ。二階や三階にあったら、ふたりがかりでもかなり厳しかった」

斎藤「階段は小川のワックスが効いて滑りやすくなっているしね。危険だし」

尚代さんは小川さんの両肩に腕をまわして持ち上げ、斎藤さんはコートを脱いで小川さんの足首を持った。

小川さんのスウェット、浅草雷門の大提灯《おおぢょうちん》の絵が描いてある。どこまで浅草を愛していたんだ。こうなると悲しいね。

ふたりは小川さんを風呂場に引きずっていった。

尚代「ひょろひょろな体形のくせに、けっこう重いね」

斎藤「まずは剥《む》きましょうか」

剥くって。

床が丸石っぽいタイル張りの、年季の入った風呂場で、斎藤さんと尚代さんが小川さんを裸にひん剥いていく。スウェットの下にも一枚、その下にも一枚。厚着だから手間がかかっている。小川さんの躰はどこもかしこも重たげにだらんと下がってしまって、やりにくそう。

風呂場の窓の外からかすかにジングルベルのメロディが流れてくる。そうか、この日は十二月二十五日なんだよな。
おれ、こんなクリスマス、厭だよ。

斎藤「うちに帰れば大きな肉切り包丁があるんだけどね」
尚代「ここにも立派な包丁はある。父ちゃんの教えで、ほとんど使わなくても、年に一度は研ぐようにしていたよ。安心して」
安心って。
斎藤「あらま、本当にいい包丁。和菓子屋さんではこんな包丁も使うの?」
尚代「父ちゃんが肉入りのおやきを作るときに使っていたの。けっこうな量の肉のかたまりをこの包丁で切って刻んで叩いてこまかくしていた。ひき肉にするよりいい味が出るんだって、父ちゃんのこだわりでね」
斎藤「おとうさんのおやき、おいしかったんでしょうね」
尚代「そうだ。ひさしぶりにおやきを作ろうか。この肉を使って」

はい？

斎藤「で、小川をこまかく切って刻んで叩いて、おやきに包んでやろうということになったの」

はああああい？

ちょ、ちょっとちょっと、待ってくださいよ。

尚代「あたし、あのときは少しどうかしていたね」

少しじゃない。少しじゃない。

尚代「なにせ、二十数年来の亭主を殺しちゃったばかりなんだもの。気分がめちゃくちゃ上がっちゃってさ」

斎藤「切り刻むだけでじゅうぶん。おやきにまでしなくてもいい。って、私は止めようとしたんだけどね」

尚代「ここまで来たらとことんやってやりたい。まさに憑りつかれたみたいだった」

どんなお化けに？　少なくとも恋の奴じゃないよね？

尚代「今になってみれば、富美ちゃんが正しい。そんなことをする必要なんかぜんぜんないよね」

ないないないない。

尚代「でも、あのときはね。ちょうど年末だったし、お客さんからおやき復活の要望もあったし、死んだ父ちゃんだってきっと喜ぶ、みたいな」

喜ばない、喜ばない。まさかそれ、お店に出したんですか？

尚代「残念ながら、その前にあたしが倒れちゃった」

倒れた？

残念ながら？

てか、やっぱり出す気だったんかい。

斎藤「小川の首と両脚を胴体から切り離した」

尚代「朝までかかった」

斎藤「再現ドラマに戻ります？」

いや、口頭で構いません。

尚代「朝、富美ちゃんはスーパーマーケットに出勤した。店はシャッターに臨時休業の貼り紙をして、あたしは啓太郎の解体作業をひとりで進めることにした」

斎藤「二十六日の勤務が済めば、二十七日は非番だったから、朝から尚代さんを手伝うつもりだった」

尚代「富美ちゃんには店の入口の合鍵を渡しておいた」

徹夜でしょう。眠くなかったですか。

尚代「疲れたけど、眠気はわかなかった。高揚感に満ち満ちていたね」

斎藤「私も。さすがに昼休憩のとき、仕事場の休憩室で寝落ちして意識が飛んだけど、妙に元気だった」

尚代「富美ちゃんはしっかり寝てから作業をするように言って出かけたけど、あたしは寝なかった。二十六日はまる一日ひとりで頑張ろうと張りきった。風呂場にこもって、右腕をぶった切って水で血を流し、左腕をぶった切って水で血を流し」

斎藤「再現ドラマに戻ります?」

いやいや、このまま口頭で説明してください。それだけでいいです。

尚代「寒い日だったのに汗びっしょりになった。重労働だった」

斎藤「尚代さん、張りきり過ぎたのかもしれない」

尚代「さすがに疲れてきた。頭が痛い。がんがんする。ちょっぴり休もうと作業を中断して風呂場を出たところで、眼の前が真っ黒になった」

斎藤「昼休憩に入ったのが午後一時半。そのとき尚代さんに電話をかけてみたら、出なかった」

尚代「たぶん、そのときにはもう意識がなかったんだね」

斎藤「二十六日は来なくていいと言われてはいたし、尚代さんは寝ているのかもしれないとも考えたのだけれど、気になって退勤後にオガワ堂へ行った。尚代さんは風呂場の前で倒れていた。びっくりして駆け寄って抱え起こしたけれど、尚代さんは呼吸をしていなかった」

尚代「もともと血圧はかなり高めだった。啓太郎をぶん殴ったとき、頭に血をのぼらせすぎたのが悪かったのかな。それからずっと興奮状態だったしね」

小川さんに仕込まれた毒がけっこう効いていた可能性はありませんか？

尚代「ないね」

斎藤「でも、ぎんなんやじゃがいもはたっぷり食べちゃったのよね。一位のお茶も飲んだ」

尚代「ちっとも死ねやしないと嗤《わら》っていたよ」

実際は積み重ねで心臓が弱っていたとは考えられない？

尚代「関係ない関係ない。死因は心臓じゃなく脳だもの」

尚代さん、死んじゃったんですか。

斎藤「私は救急車を呼んだ」

尚代「病院へ運ばれたけど、あたしは蘇生《そせい》せず」

斎藤「尚代さんが死んでしまって、すべて終わった。病院の霊安室で、私は声を上げて泣きました」

尚代さんが死んだのがそんなに悲しかったんですか。

斎藤「小川の死も、尚代さんの死も、どっちも一気に実感がわいてきた。ふたりがいなくなってしまって、ひとりで残された。たまらなく寂しかった」

小川さんの死もちゃんと悲しかったのか。何だか安心しました。そりゃそうですよね。

斎藤「病院から出た足で、私は警察に自首しました。あとは法律の定めたとおりに従うだけだった」

尚代「富美ちゃんは、啓太郎が階段から落ちたことは話したけど、麺棒の一発については口をつぐんでいてくれた。警察は現場検証をして、厨房の床の血の痕跡も確認した。麺棒は調べなかった」

斎藤「調べられなくてよかった。ルミノール反応が出ちゃったと思う」

尚代「啓太郎が死んだのは事故だったという富美ちゃんの供述を、警察は信じてくれなくてね。まあ、現に、死体をばらばらにしようとしちゃっているんだから、信じられなくて当然なんだけどさ」

斎藤「警察は、尚代さんが小川を階段から故意に突き落としたと考えた。階段にワックスがかかっていたのも、尚代さんのせいにされちゃった。で、故殺と認定。被疑者死亡につき書類送検。尚代さんに関しては、同情的な証言をしてくれたお客さんが多かった。ご近所さんも、小川がいかにぐうたらで横暴な亭主だったか、口々に証言してくれた。スルガさんも証人のひとり」

尚代「ありがたいよね。あたし、スルガさんと結婚すればよかったよ」

今さら過ぎですが、恋の奴は意地悪ですね。スルガさんに対してはつかみかかって来てくれなかった。

斎藤「自分を大切にしてくれる相手。自分が大切にできる相手。恋の奴は、そんな相手のときだけつかみかかってくれるわけではないのでね」

斎藤さんも殺人罪の共犯扱いだったんですか？

斎藤「殺人については証拠不十分で不起訴、死体損壊についてのみ起訴された。裁判では被害者に同情が集まらなかったせいか、私の刑期はわりと軽かった」
尚代「ちっとも軽くない。殺人はあたし、死体損壊だってほとんどあたしの仕業だったんだし、執行猶予がついたっていいのにさ。残念ながら実刑」
斎藤「独身所帯には立派すぎる肉切り包丁も持っていたし、蔵書に犯罪ノンフィクションが多かったのがよくなかったのかもね。罪は罪。おとなしく服役しました。その後、刑期を勤めあげて、私は刑務所を出た」

出所して、それからはどうしたんですか？

斎藤さん？

＊

ひなたさん？

たった今、お店を閉めたところ？　お疲れさまでした。それじゃ、出かけましょうか。なにを食べよう。なにが食べたい？

あ、ラストシーンだけ観てからでもいいかな？

おもしろいドラマを観ていたんだ。舞台は和菓子屋さんで、主人公はおばさんとおじさん。不倫の三角関係から殺人事件が起きるんだけど、サスペンスドラマっぽくはないんだよ。親近感がわくというか、身につまされる話だったなあ。おかしなことに、セットがやたらとここの建物に似ていてね。ひなたさんも観てみて。

ひなたさん？

へんな顔して、どうかした？

ＴＶのチャンネル？　いじっていないよ。

あれ、野球中継をやってるね。二回裏？　あれえいつの間にドラマが終わっちゃったんだ？

もともとスポーツ中継の専門チャンネル？　そうだよね。待っているあいだ、野球でも観ているって、おれが言ったんだよね。まだ試合開始前だからどうしようかなって考えながらＴＶをつけたら、ちょうどドラマがはじまった。スポーツ専門チャンネルでもドラマを放送することがあるんだな。

ない？

おかしいな。確かに観ていたんだよ、和菓子屋の殺人事件のドラマ。

え？　そうなの、本当？

昔、この建物は、和菓子屋だったの？

殺人事件が起きて、閉店。事故物件のお手ごろ価格で売りに出されたのを、おやじさんが買った。もともとはおかあさんが洋菓子屋さんを開く予定だったのだけれど、交通事故で亡くなってしまって、現在ではこうしてお弁当屋さんになっている。

うん、おかあさんのことは、以前に聞かせてもらったよね。その前に、そんな経緯があったの？

考えてみれば、変なドラマだったよなあ。

いくら登場人物が画面から観客に語りかける演出だとしても、おれ、斎藤さんや尚代さんと、普通に会話をしていた。あり得ないよな。

斎藤さん、再現ドラマとか言っていた。やはり、実話ってことなのか？

おれがここで観たのは、もしかして、実際にここで起きたこと？

裏手には一位の木。お風呂場とトイレは一階の厨房の奥。

うわあ。

ひなたさん。

あのう、改めて言うのもおかしいけど、おれたち、仲良くしましょうね。ないがしろになんかしませんし、雑に扱ったりもしません。ぜったいに気をつけます。

何の話かって？　ちょっとした心構えです。気にしないでください。さて、今日はなにを食べようか？

え、ハンバーグ？

おれ、ハンバーグ好きだけど、とくにひなたさんが作るハンバーグ弁当が大好きだけど、今夜はひき肉料理以外がいいな。ごめんね。

お好み焼き？　いいね。おやきじゃないよね。お好み焼きだね。異存ありません。行きましょうか、ひなたさん。しっかり焼きますよ、おれ。

この先も、いろいろ話し合って、楽しく過ごしていけたらいいですよね。

ハンバーグになりたくないですからね、おれ。

何の話かって？

第四章　キツさんたち

あなたが無事で、笑っていてくれること。
おれにとっては、それが、いちばんのおみやげです。

【第一の運転手】

Ｔ総合病院の前から彼らを乗せたのは、六月最後の金曜日。関東に梅雨明けが宣言された日の午後二時ごろだった。

空は晴れ上がって、かんかん照り。気温は三十七度超え。体温よりも高い。アスファルトから湯気でも立ちそうなほど暑い日盛りだ。こんな日は冷房のきんきんに利いたタクシーがオアシスに見える心理が働くとみえ、朝から立て続けにお客さんが乗ってきた。Ｔ総合病院の前を通ったのも、Ｓ地蔵前までおじいさん二人連れを乗せたすぐあとだった。暑いから危険。どうしても必要な用件以外で日中は出歩くな。ＴＶのニュースでいくら呼びかけても、ご老体は出歩くんだよな。このおじいさんたちも、Ｓ地蔵の寺の門内にゆったりと入っていったよ。あれ、ぜったいに必要な用件じゃない。ただの観光、暇つぶしかも。Ｔ総合病院の真ん前の歩道に立っていたのも、おじいさんとおばあさん、それに若い女の三人連れだった。しかしこちらは病院。必要な用件といえるだろう。

手を挙げてタクシーを招いたのはおじいさん。が、やや後方に佇《たたず》んでこちらに眼を向ける若い女の方が目立った。首筋を掴まれ視線をぐいっと持っていかれる感じ。いや、別に、若い女だったからってわけじゃない。そういう不純な理由じゃないよ。この場合。

派手でも色っぽくもない。ベージュのゆったりしたワンピースという地味な服装《なり》でおとなしい顔立ちのぽっちゃりした女性だ。近づいて停車してみたら、そんなに若くもなかった。年齢は、そう、三十代の半ばくらいかな。どこといって特徴はない女性だったのに、どうしてあんなに注意を惹かれたのか、不思議だ。

「Y駅まで」

言いながら、おじいさんが先に乗り込んだ。

「地下鉄の入口、K通りでいいですね」

おばあさんが続いて乗る。三人で並んで座るのかと思ったが、若い、いや、あまり若くない三十路《みそじ》女性は助手席の窓から車内を指差している。助手席に座りたいらしい。俺は助手席のドアを開けた。

「ありがとうございます」

三十路女性は助手席にすべり込んでシートベルトを締めた。

「本当にすみませんね」

おばあさんがおじいさんに頭を下げている。俺は自動車を出した。

「いや、どうせ通り道ですからね」

言葉遣いからみて夫婦ではないようだ。バックミラーを見る。紺の半袖ブラウスにクリーム色のスラックスを身に着けたおばあさんは小柄で細身。よくよく見れば、年齢も、おばあさん、と呼んでしまうのは今どき失礼か。いくぶん背中をまるめ、老け込んではいるが、まだ六十代だろう。からし色のTシャツにだぶついたジーンズ姿のおじいさんも同じくらいの年配かな。大柄ではないが、肩も二の腕もがっしりと頑丈そう。そして顔つきはかなりの強面《こわもて》だ。

あれ。

俺は思った。この四角い顔と鋭い眼には覚えがある。

「この気温ではY駅まで歩くのも危険でしょう。急に暑くなりましたからね」

「そうですね。ついこのあいだまでは、もう少し丈夫だったんですけど」

六十路《むそじ》女性が言った。

「いろいろおありになったんですから、それは躰にもこたえますよ」

しかつめらしい顔で応じる男性は、吉津《きつ》さんじゃないか？

吉津さんは、タクシー業界の大先輩だ。

E交通に勤めていたが、十五、六年前に辞めていった。それ以来の再会だ。まさかこんな風に会えるなんてな。

会社は別だったが、客待ちをしていたタクシー乗り場や流すルートが重なっていたため、俺は吉津さんとは顔なじみ。たまに昼めしを一緒に食べたりもしていたから、かなり仲良くしていたといえる。E交通のほかの運転手によると、吉津さんの営業成績はいつもトップクラスで、お客さんの評判もよかったらしい。

吉津さんは、俺に気がついているかな。

バックミラーのなかで、吉津さんの視線はこちらを見ない。気づいていないのかな。まさか。名札は見えるはず。写真だって見えるんだが。

いや、でも、最後に会ってから十数年。俺もずいぶん年齢《とし》を食ったものな。髪の毛の量だって、だいぶ。

「冬に娘を亡くしたあと、春先に風邪をこじらせたのが悪かったんです。肺炎になりましてね」

六十路女性は細い声でぼそぼそと話す。

「自分も同じです。去年そんな感じでぶっ倒れました。その後、回復はしたんですが、検査のたびになにかが見つかる感じで、こうしてなかなか病院と縁が切れない身になりましたよ」

と、吉津さん。

「三十歳を過ぎてひとり暮らし。好きな映画と飼い猫の話ばかりしているのんきな娘でした。まさかあんな風に急に逝ってしまうとは、想像もしませんでした」

「交通事故。気持ちを持って行くところがないですよね。おつらかったでしょう」

「ひき逃げですからね。よけいにやり場がない思いでした」

車内の冷気がいっそう増すような、重い話題だ。ひとまず吉津さんに声をかけるのは憚《はばか》られた。助手席の三十路女性も黙って前を見ている。話に出ている娘さんと同じくらいの年配だ。胸に迫るものがあるのか、表情が硬いようだ。

「うちの場合は、運転手が悪い人間じゃなかったですからね。今でも命日には花を送ってきてくれます。墓参りもしてくれているようですよ」

吉津さんの言葉に、おや、となる。吉津さんも交通事故で身内を亡くしていたのか。そういえば昔、E交通の知人からそんな噂《うわさ》を耳にした気もするが、忘れていた。

「たとえ運転手さんがいいひとでも、受け入れがたい感情は残りますよね。娘の場合は、本当にね」

六十路女性が言葉を詰まらせた。

「事故のあと、すぐに自動車を停めて、救急車を呼んでくれたら助かったかもしれない。お医者さんにはそう言われました。だからよけいに許せません」

Y駅に向かうH通りはかなり混んでいて、のろのろ運転になった。赤信号。停車。

「でも、このあいだ、ようやく犯人が捕まりました」

「よかったです。本当によかったです」

吉津さんがほんの少し頰をゆるめ、助手席の三十路女性が溜息《ためいき》をついた。俺もほっとした。そうか、捕まったのか。よかった。

「飲酒運転の信号無視」六十路女性が吐き棄てた。「逃げるわけですよ」

「重く重く罰せられて欲しいものですね」

吉津さんが荘厳に言う。助手席の三十路女性が深く頷く。

「犯人は裁かれる。それでも娘は帰ってこない。どうしようもないんですけど、多少は胸のつかえが下りました」

「やりきれませんね。自分なら、犯人をこの手で絞め殺してやりたいくらいです」

「私も同じです。だけど、そうしたところで娘は帰りませんものね」

青信号。自動車の流れがゆっくりと動き出す。凶暴な日差しがフロントガラス越しにじりじり照りつけてくる。焦げそう。

「暑くないですか」

おれは小声で訊いた。助手席の三十路女性は首を横に振った。

「涼しいですよ。ひんやりし過ぎているくらい」

後部座席から六十路女性が答えた。

「では冷房を弱めましょうか」

「いいんです。Y駅まではすぐですし」

とは言われても客商売。助手席の女性も暑いに違いないが、ここは年長者の体感に合わせるべきだろう。俺は冷房の風量を弱にした。

「そういえば、警察のひとがおかしな話を教えてくれましてね」

「どんなお話ですか」

「私じゃない、死んだ娘には妹がいるんですが、その妹《こ》が聞いてきたんです。おかしな話なんですよ」

六十路女性はちょっと笑ったようだった。

「先ほども言ったように、死んだ娘はひとり暮らしをしていました。ときどき実家《うち》に顔を見せては、なにかしらおみやげを置いていくんです。私が好きなものですから、おいしいと評判のお店のパンが多かったですね。妹と長々おしゃべりをして、私の作った料理を食べて。だけど、ぜったいにうちには泊まらないで、自分のマンションに帰っていきました。猫を飼っていたことも言いましたっけ？　猫が寂しがるからひと晩だって部屋を空けられないんだ。留守が長くなるとご機嫌が悪いからおやつも買っておいた。って、猫にまでおみやげを用意してあるんです。そしてどんなに夜遅くなっても帰っていった」

K通りとぶつかる交差点で、また赤信号になった。停車。暑さのせいか、歩道を歩くひとの姿は少ない。

「猫好きだったんですね」

「猫馬鹿でした。自分が撮った猫の画像や動画を私や妹に見せびらかしては喜んでいました。グレーと黒の縞模様の猫です。眼が据わって鼻ぺちゃで、あんまり愛らしくはない顔立ちなんですよ。その猫がただ寝ている姿とか、ごはんをねだって啼《な》いているところとか、娘が声をかけても無視して歩き去る瞬間とか、部屋じゅうを駆けずりまわってテーブルの上からマグカップを床に落とす場面とか、おもしろくない動画ばかり延々と見せられて、いつでもうんざりさせられたものです」

「娘さんにとっては可愛くてたまらなかったんですね」

「娘が死んだあと、住んでいたマンションを引きはらって、猫はうちに引き取りました。想像していたよりはおとなしくて、トイレの粗相もありませんでしたし、家のなかを走りまわって物を壊すこともありませんでした。触っても逃げはしないし、撫でれば咽喉は鳴らすんですが、自分から身を寄せてくることはほとんどなかったです。死んだ娘とはいつも一緒に寝ていたそうですが、私の蒲団にも妹の寝床にも入っては来ませんでした。なついてまではくれなかったんです」

「環境の変化もありますし、猫は警戒心が強いですからね。しかしいつか心を許してくれますよ」

「そうはなりませんでした。毎日毎日、据わった眼でスフィンクスみたいにうずくまって、日当たりのいい窓辺にいても寒そうに見えました。フードもわずかしか食べてくれなくて、どんどんやせていって、心配していたんです。病院へ連れて行こうかと、妹とも相談をしていた矢先でした。春先のある朝、私が洗濯物を干そうとしたとき、二階の掃き出し窓から外へぱっと飛び出しましてね。ベランダの柵をすり抜けて庇《ひさし》から雨どいを伝ってするすると下へ降りて、そのまま出ていってしまった。それきり帰ってこないんです」

青信号。タクシーを発進させる。

「妹が近所に貼り紙をしたり、捜索願いをインターネットで流したりしたんですが、けっきょく見つからないままです。娘があんなに大事にしていた猫までもなくしてしまった。私がうっかりしていたのが悪いんです」

「ご自分を責めない方がいいです。世のなか、猫好きは多いんです。どこかで拾われて無事に暮らしていますよ、きっと」

吉津さんは気の毒そうに言う。が、たぶん自分の言葉を信じてはいないだろう。世のなか、猫嫌いも多いのだし、猫好きでも猫嫌いでもない自動車が毎日のように小動物を轢いている。

「だといいんですが」

六十路女性は寂しげに呟いた。

「おかしな話というのは、猫のことなんです。警察のひとの話によると、ひき逃げ犯は化け猫に襲われて、そのせいで自首してきたと言っているんだそうです」

「化け猫」

吉津さんの声がいくぶん裏返って「ぱけねこ」と聞こえる。

「夜な夜な自分の犯行を責め立てる化け猫に食い殺される夢をみて、睡眠不足でふらふらになっていた挙句、実際に殺されかけたんですって」

ここではじめて、六十路女性はくすりと声を立てて、笑った。

「それもね、グレーと黒の縞模様の化け猫だった、って話したそうなんですよ。信じられますか？」

また交差点。左折する。Y駅はもうすぐだ。

「いなくなった猫がおねえちゃんの復讐をしたんだって、妹は信じています。私は、まさか、と言いましたけどね。本音では信じたいんです。他人さまから見れば馬鹿馬鹿しいお話でしょうけど、信じたくなりますよね」

「信じていいですよ」

Y駅の地下鉄入口が見えてきた。バックミラーので、俺と吉津さんの眼が合った。

「信じましょう」

吉津さんは真顔で大真面目だった。

「Y駅です」

俺は声をかけた。

「ひとり降ります」

吉津さんが言った。俺は後部座席のドアを開ける。車内にむわっとした熱気が入ってきた。

「ここまでの料金を払います」

抱えた布バッグから、六十路女性が財布を取り出す。

「いえ、構いません。帰り道のついでなんです」

「いや、そんなわけにはいきません。払います」

「いえいえいえ」

「いやいやいや」

俺としては、どっちでもいいから早くしてくれ交渉がしばし続いた。助手席の三十路女性が笑っている。

「では、次回、病院でお会いしたら、そのときまたご一緒しましょう。そのときは自分がタクシー代をごちそうになるということでどうですか」

「本当にすみません」

六十路女性は頭を深く下げた。

「おかしな話まで聞いていただいてしまって」

「いいんです、いいんですよ」

六十路女性はタクシーを降りました。

「いなくなった猫ですけどね」

吉津さんが思い出したように声をかけ、六十路女性が振り返りました。

「今ごろは、亡くなった娘さんと一緒にいるんじゃないですか」

六十路女性は吉津さんの顔をまじまじと見つめました。

「そう思われますか？」

「信じます」

「ありがとうございます」

六十路女性は、ふたたび深く一礼をしました。

「出してください」

吉津さんが言う。俺はドアを閉めた。

「どこへ行かれますか」

「K町三丁目」

T総合病院前から、Y駅。そしてK町三丁目。方角が違う、とまでは言わないが、そこそこ遠まわりだ。帰り道のついでではなかったみたい。吉津さんは、あの六十路女性を送ってあげたかった、というより、話を聞いてあげたかったのだろう。

「そういうひとです」

助手席の三十路女性がぼそりと言った。

発進。地下鉄口前の歩道に立ったまま、六十路女性はタクシーを見送っている。表情はもうわからないけど、泣いているんじゃないか。そう思う。

「M坂下の交差点で左折して、そこからK町に出ますか？」

六十路女性の姿が、バックミラーのなかでどんどん小さくなっていった。


「ナカノくん」

吉津さんの声がいくぶん明るくなる。

「ナカノくんだろう。ひさしぶりだね」

俺は嬉しくなった。やはり、吉津さんも気づいていたのだ。

「ご無沙汰でした。すごい偶然ですよね。K町三丁目にお住まいなんですか」

「そう。自宅兼店舗。そこで弁当屋のおやじをやっている」

吉津さん、現在は、お弁当屋さんだったのか。

「本当は、Y駅でおれも降りて、家まで歩こうかと思ったんだけど」

「やめておきなさい」

助手席の三十路女性がぼそっと言った。

「やめておくよ。娘から叱られる」

吉津さんはすぐさま続ける。てことは、この女性が娘なのかな。

「今朝も、本当は歩いて病院まで行くつもりでいたんだがね。この暑さだろう。歩いたら途中でぶっ倒れるって止められて、タクシーを使った。帰りに、まさかナカノくんの自動車に当たるとはね」

交差点。赤信号。停車。

「お躰、どこか悪いんですか」

「年齢も年齢だから、あちこちガタが来ていてね」

吉津さん、確かにけっこう老けたものなあ。だいぶ痩せもした。迫力のある眼つきは変わらないけれど。

「さっきはなにやら不思議な話をされていましたね」

「たまたま病院の待合室で隣り合わせたひとでね。あのとおり、娘さんをひき逃げ事故で亡くされたばかりの方だから、ついつい話し相手になってしまった」

青信号。交差点を左折する。直射日光が当たらなくなって、運転席もいくらかしのぎやすくなった。

「化け猫。世のなか、いろいろな話があるもんだね」

「信じられますか。猫が化けて犯人を追いつめた、なんてね。化け猫なんて本当にいるもんですかねえ」

「あのひとと妹娘さんが信じていれば、いるんだよ」

吉津さんらしい返事だな。

「遺族の方たちの救いになればいいですね」

「生き残った側は、この先も生きていかなければならないからね」

「吉津さんのお身内も交通事故に遭われたんですか」

次の交差点は青信号だった。また左折してK町通りに入る。

「うん、かみさんがね」

しまった、まずいことを聞いてしまったな。

吉津さんは奥さんを亡くしていたのか。昔の噂でそこまで聞いていたかな。いずれにしろ忘れていたのが悪かった。後悔しても遅い。吉津さん、気を悪くしてはいないだろうか。俺が次の言葉を探すうち、タクシーは目的地へ近づいていった。

「次の信号のところでいいよ」

「お宅の前まで行きますよ」

「すぐ近くだよ。信号の左側の坂道をちょっと上がった場所。店の真ん前に着けたらかなりの大まわりになるからね」

なるほど、その坂道は一方通行でここからは曲がれない。俺としては吉津さんともう少し話していたい気持ちもあったが、仕方がない。

信号の手前でタクシーを停車した。千四百六十円。信号待ちが多かったせいか、距離にしてはいくぶんお高めだ。吉津さんは札入れから現金二千円を出して支払った。

「すぐそこの店だ。といっても、最近は娘に任せきりでね。おれはぶらぶら遊んでいるだけなんだが、よかったら顔を見せに来てくれ」

「近いうち、必ず行きますよ」

俺は力強く言って、ドアを開けた。またむわっとした熱気が車内に入ってくる。

「そのときは茶でも飲もう」

言い残して、吉津さんは降りていった。

タクシーを走らせはじめて、俺は気づいた。

吉津さんのお弁当屋の店名を訊きそびれた。まあ、K町三丁目のあの坂道にあるのは確かなんだから、間違いようがないだろうが。

そして、あれっ、と思わず声が出た。

助手席の女性がいない。いつ降りたんだろう。まったく眼にも耳にも止まらなかった。吉津さんとの会話に気を取られていたせいか。この暑さでぼうっとしていたのかな。

弱にした冷房の風量をふたたび強に戻した。

吉津さんのお店にはまだ行っていない。

近いうち、近いうちと思ってはいるんだけどね。

【第二の運転手】

同じひと、ついこのあいだ、僕も乗せましたよ。

眼光鋭く角ばった顎をしたおじいさんと、ふっくらしたそこそこに若い女性。三人連れでした。吉津さん。確かにそう呼ばれていました。でも、もうひとりは女性じゃなかったな。吉津さんと同年配の男性でしたよ。タドコロさんって呼ばれていましたね。男性二人は後部座席に陣取り、女性は助手席に座りました。同じパターンですね。

七月のなかばちょっと過ぎ、二十日くらいだったかな。やはり三十五度超えの、めちゃくちゃ暑い日でした。午後四時近かったと思いますが、まだまだ太陽の勢いは衰えていませんでした。

服装はよく覚えていませんが、女性はやはりふんわりしたワンピースじゃなかったかな。吉津さんもTシャツとジーンズだったと思います。で、タドコロさんは白のポロシャツにスラックスだったか。みなさん、よそ行きの恰好《かっこう》じゃなかったですね。部屋着より少しはましな普段着といった姿でした。

吉津さんたちを乗せたのは、Y霊園からでした。駅からは少し離れた、霊園入口の信号のあたり。みなさん、墓参りの帰りかなと思いましたよ。その直前もそれらしきおじいさんのふたり連れを乗せていたんです。

「H山まで行ってください」

行き先を告げたのは吉津さんでした。

「地下鉄駅の近くでいいですか」

「四丁目です」

答えたのはタドコロさんの方。

「H山通りから一本奥に入った道です。近くに着いたらまた言います」

僕はタクシーを走らせました。霊園を離れても、その付近は小さな寺が密集した地域です。それも、今どきの鉄筋コンクリート寺院じゃなく、昔ながらの木造建築のお寺ばかり。緑が多いので少しだけ涼しい気分になれます。

「わざわざうちまで取りに来ていただいて、申しわけないですね」タドコロさんが言いました。「宅配便で送ればよかったんですが」

「いやいや、そんなお手数をかけるまでもないですよ」吉津さんが鷹揚《おうよう》に応じます。

「こうしてばったりお会いできたんだから、いい機会です」

「本当に偶然でしたね。まさかこんなところでとは思いませんでした」

「母親の命日なんですよ」

「うちは息子です。今日が祥月命日です」

「五月は妻の命日でしたしね。年齢をとってくると、来る日も来る日も誰かの忌日になってきますね」

「同じ霊園だったんですね。妙なご縁があるんですねえ」

「いわば墓地友。タドコロさんとおれはハカトモですね」

吉津さんは笑いもせずに言いました。あまり嬉しい縁でもないな。ハカトモって。

僕はハンドルを左に切りました。

寺町の細い道路を抜けて、にぎやかな大通りにぶつかります。

「しかし読みごたえがありましたよ、『徳川家康《とくがわいえやす》』。たまにはああいう大長篇《ちょうへん》もいいものですね」

タドコロさんは話を変えました。

「しかし、家康はあまり人気がないようですね。やはり信長《のぶなが》が好きなようで」

「近くにいて欲しくはない人間ですけどね、ノブりん」

吉津さんはいくぶん悔しげです。ははあ、と僕は思いました。吉津さんとタドコロさん、歴史小説が好きなんですね。ハカトモ以前に読書の友だったみたいです。

歴史小説、僕もけっこう好きな方です。

しかしノブりんって、その呼び方はどうなんでしょう、吉津さん。しかもにこりともしていません。真剣にそう呼んでいる。

「信長には夢がありますからね。天下統一を目前にして斃《たお》れる。四十九歳という年齢もいい。若すぎず老いすぎず」

大通りを左折して、すぐに右折。二車線の脇道に入ると、急な上り坂。この先はしばらく上ったり下ったりの多い坂道が続きます。

「人間五十年ですか。自ら好む言葉どおりに燃え尽きる。見事な人生です」

「文字どおり燃えて消えた。けっきょく、本能寺《ほんのうじ》で死ぬところが、日本人の悲劇好みにぴったりはまるんですよ、ノブりん」

吉津さん、ノブりん呼びをしながら、あくまで真顔です。

「タドコロさんもノブりん贔屓《びいき》ですか」

「ぼくは秀吉《ひでよし》が好きなんです」

「ヒデモン。あの男には愛嬌《あいきょう》がありますからね」

秀吉はヒデモン呼ばわりかい。僕の思いが伝わったかのように、助手席の女性がくくくと咽喉を鳴らすような笑い声を立てました。

「けど、あのひとは晩年が悪いですね」

吉津さんが信長や秀吉をどう呼ぼうが、タドコロさんは動じていないようでした。慣れているんでしょう。

「だからヒデモンの晩年を書かない作家もいるでしょう。書きたくないんですね」

「年齢《とし》をとって老害になっちゃった。痛々しいですよね。死んだのは六十二歳ですか。現代の感覚で言うとまだまだ若い。ぼくより若い。秀吉の没年齢を越えたときには感慨深いものがありました」

「息子の秀頼《ひでより》可愛さのあまり、あとを頼むと重臣たちに泣きついたりしてね。ああいうところが憎めません、ヒデモン」

「あっさり裏切る家康」

「ヤッスーは甘くないですからね」

家康はヤッスー。吉津さんは武将をマブダチ扱いする姿勢を崩しません。

「しかし、あっさり、とは言えないか。秀吉が死んでから豊臣家を滅ぼすまで、だいぶ時間はかけました」

「ヒデモンが死んだのは慶長《けいちょう》三年。大坂夏の陣まで十七年かけていますね」

「秀頼に孫娘の千姫《せんひめ》まで嫁がせて。気が長すぎるくらいです」

タクシーは坂道を上りきり、すぐに下っていきます。

「もっとも、関ケ原《せきはら》はわずか二年後の慶長五年。征夷大将軍《せいいたいしょうぐん》になって江戸に開府したのが慶長八年。豊臣《とよとみ》家から天下を奪うのはそこそこ早業でした」

「当然でしょう。秀吉が死んだ時点で、家康だって若くなかった」

「ヤッスーはヒデモンより六歳下です」

「五十代後半からの大勝負。当時の平均年齢を考えれば、よくやれたなあと感心するばかりですね」

「人気はないですけどね、ヤッスー」

やはり悔しそう。どうやら吉津さんは相当なヤッスー好きのようです。僕はノブりん派ですけどね。

「いろいろ小説を読めば、家康への評価や感情も変わってきますよ。ぼくもそうです。基本的には秀吉が好きなので、家康に対してあまり好意はなかったんですが、お借りした本のおかげでだいぶ株が上がりました」

「よかった。ヤッスーも喜ぶでしょう」

「秀頼も評価は分かれますね。凡庸な馬鹿息子だった説、けっこう有能だった説」

「秀忠だってご同様です。父親の名前が大きいとどうしても割を食う」

「秀吉の実子じゃないとか、淀君に逆らえなかったマザー・コンプレックス息子とか、さまざまな悪評もありますが、僕は秀頼にけっこう愛着があるんですよね。本気を出せばやれたやつ、と信じたいです」

タドコロさんは言葉を切って、窓の外を眺めました。

「本気を出せばやれる。だけどここじゃ出さないよ。こんなところで本気になれるものか。そういうやつ、昔の職場にいましたよ」

吉津さんは苦々しい表情になっています。

「勤務成績は最悪なのに、涼しい顔をしていてね。ある日、ふっと会社に来なくなりました。けっきょく本気は出さないままでした」

いるいるいる。胸のうちで大きく頷いていました。そういう人間、うちの会社にもいました。やけに自信たっぷりに仕事をしない輩《やから》。どこにでもいるものですね。

「本気を出せたなら、出してほしかったですね」

タドコロさんの視線は外に向けられたままです。

「出せる本気があるならね。出してみろってんだ」

タクシーは坂を下りきり、赤信号で停車します。

「地下鉄で動いちゃうと見えにくいですけど、こうして自動車を使うと、このあたりは本当に坂ばかりですよね」

吉津さんも窓の外を仰ぐように見ていました。

「うちの前も坂道です。地名にも谷や台が残っています。でこでこした台を切り崩し、土地をならして平地を広げ、川を治水して江戸の町を作っていった。ヤッスーや秀忠《ひでただ》の時代はさぞ苦労を重ねたことでしょう」

「ぼくのマンションの裏手もちょっとした高台で、そのへんの道は崖のなかを歩いていく感じです」

「T大学のあたりですか」

「そうです。K学園もある。学校が多い一角でしてね。夜はとても静かです」

なるほど、目的地はH山四丁目のあのへんか。会話を聞きながら、僕も見当をつけます。信号が青になりました。また上り坂です。

「息子が死んで二十年になるんですよ」

タドコロさんがしみじみと言いました。

「生きていれば三十歳を過ぎます。いい大人です。死んだ子どもの年齢を数えてもはじまらないんですが、毎年毎年、頭のなかで年齢《とし》をとらせてしまう」

「わかります。生きていれば何歳になるんだなあ、って、かみさんの年齢はおれだって数えちゃいますよ。おやじやおふくろは数えないんですがね。生きていれば百歳を越えている。区から表彰されちゃうご長寿です。この先さらに数えていったらえらいことになる。天海僧正《てんかいそうじょう》だ」

いたいた。百十歳くらいまで生きたんでしたっけ、天海僧正？　吉津さんもさすがにあだ名はつけていないのかな、天海僧正。

「小学校の臨海学校に行って、水難事故に遭ったんです。宿泊は区の施設でしたし、お小遣いを持たせていい学校行事ではなかったんですが、おみやげを持って帰ると言い張っていました。貝がらか石でも拾ってくるつもりだったんでしょうかね」

「何でしょう。舟虫じゃないといいですね。子どものころ、おれもやらかしましたよ。学校の遠足に行って、なぜか仲間のあいだでだんご虫獲《と》り競争になりましてね。空いた弁当箱いっぱいにだんご虫を詰めて意気揚々と家に帰って、おふくろから往復びんたを食らいました」

「暴走あるある。男の子はやりがちですね」

「ところが、うちの娘も四、五歳のころ、いちご狩りに連れていったら、いちごじゃなくだんご虫を集め出しましてね。これが遺伝子かと思いました。いちごが大好きな子だから連れてきたのに、狩ったのはだんご虫。かみさんもあきれていましたよ」

ふふふふふ。助手席の女性の楽しげに笑う声。そう、このひとは吉津さんの娘さんだったのかもしれません。

「息子はあまり虫には関心がなかったですね。妻が園芸好きでしたから、その影響で植物には詳しかったですが、あまり活発な子ではなかった。外で遊びまわるより家のなかで本を読んだり絵を描いたりするのが好きだった。ぼくも同じでした。そういう点は似ていたのかな」

「だったら舟虫はあり得ませんね。やっぱり貝がらかな」

「何だったのかなあ。けっきょくおみやげは受け取れませんでしたから、わからずじまいです」

「事故はたまりませんね。おふくろのときは病気で、次第に弱っていくのを見ていなければならなかった。それはそれで苦しい。しかし、事故は本当にやりきれません。心の準備がなにもないうちにいなくなってしまう」

「心の準備。まさにね」

タドコロさんが溜息をつきました。

「まさか帰ってこないとは思いもせず送り出して、それきりです。たまらないですよ」

助手席の女性はかすかに鼻をすすり上げました。

「息子は水泳が苦手でした。五年生になった時点で二十五メートルを泳げなかった。泳げない男の子は、同じクラスでは息子だけだったんです。その年の春、妻は息子をスイミングスクールに通わせはじめました。夏には臨海学校がありますからね。

そのときまでに泳げるようになりたいと、息子も望んだようです」

坂を上りきって、ふたたび下り坂。

「どうせ水泳を習わせるなら、もっと早くから習わせればよかった。小学校に上がる前から、妻は息子に学習塾通いをさせ、書道を習わせ、ピアノを習わせていました。けれど、水泳はさせていなかった。妻は息子の能力をスポーツ方面で伸ばそうとは考えていなかったんですね。けれど、さすがに泳げないままではまずいと思ったんでしょう。スイミングスクールのおかげで、五十メートルも泳げるようになったと、息子は嬉しそうでした」

重い口調。僕はバックミラーを確かめました。タドコロさんは眼を伏せています。

「少し泳げるようになったのが、かえって悪かったとしか思えない。泳げないままなら、臨海学校に参加しても、無理をすることはなかった。深いところまで行って、急な高波にさらわれるような結果にはならなかった」

吉津さんも横を向いて外の景色を眺める態でした。

「息子は帰ってこない。なにが悪かった？　誰が悪かったんだ？　ぼくは周囲をひたすら責めました。取り返しがつかない事故が起こることを予測できず、臨海学校を行なった学校が悪い。引率した教師の注意不足が悪い。五年生になってからスイミングスクールに通わせた妻が悪い。さすがに言葉にはしませんでした。自分の怒りが理不尽なのは理解していたんです。誰かに責任を押しつけることで、ぼくは息子を亡くした痛みから逃げようとしていた。学校も悪い。教師も悪い。そしていつか、ぼくは胆のうちで妻ばかりを責めるようになりました。胆ばかりじゃない。態度にも出ていたでしょう。それまでも、円満というわけではなかったんですが、夫婦の仲は息子が死んだことで完全に終わってしまいました。次の年の秋、一周忌を終えてすぐ、ぼくは妻のもとを去りました」

「そんな風になって欲しくはなかったでしょう、息子さんは」

吉津さんがぽつりと言いました。

「生きていたころから、ぼくが妻と険悪な雰囲気になると、敏感に察知して、空気を取りつくろう子でした。息子に申しわけなかった。心から思います」

タドコロさんは苦しげに言葉を絞り出します。

「妻を責め、妻を責めた自分自身を責め、長いあいだ、重い鉛を飲みこんだまま生きているようでした。だから去年、吉津さんにはじめてお会いしたとき、松本《まつもと》さんからああ言われたのは、救いでした」

「Q山の温泉ですね。松本、相変わらずへんなことを言うやつだなあと思ったんですよね。つちのこ。このあいだ庭先で見たとか言っていたでしょ」

つちのこ？

うっかり赤信号を見落としかけました。慌ててブレーキ。

「松本め、あれ、大昔から言い続けているんですよ」

つちのこ。ひさしぶりに聞きましたよ。頭が槌みたいでおなかがふくらんでいて空を飛ぶ、という伝説の蛇でしょう？　目撃例はいくつもあるけれど、いまだに捕獲例がないという謎の生きもの。

Q山温泉。名前だけは知っています。かなり寂れた山奥の温泉地ですが、そこには生息しているんでしょうかね、つちのこ。

「あの日、座敷わらしがどうとか松本が言い出したときも、またはじまったかと聞き流しかけたんですが、タドコロさんまで顔色を変えた」

お次は座敷わらしかい。どんな土地柄なんでしょう、Q山温泉。

「ぼくはひとりで宿を取ったのに、部屋にはふた組の蒲団が敷いてあったんですからね。ひとりぶん多いですよと松本さんに言った時点では、ただの手違いかと考えていたんです」

「すると、座敷わらしだと、松本が大騒ぎをはじめた」

「妖怪とか幽霊とか宇宙人とかUMAとかいった類の話、息子も好きだったんです。本屋へ行くたびねだられて、その種の本ばかり買わされました。今でもぼくの部屋に置いてあります。繰り返し読んだらしく、ページがよれよれになっていますよ」

「息子さん、松本とは波長が合ったかもしれませんね」

「幽霊もお化けも、ぼくにはまったく興味がなかったんです。でも、松本さんの宿のアルバイトの女性には見えたんですよね」

「アヤミちゃん。松本の孫娘です。高校一年生で、休みのあいだだけアルバイトをさせられている。日給は三千円だそうです。安すぎる。労働基準法に反するってふてくされている。高すぎる。仕事なんて朝晩の食事を運んで朝晩蒲団を上げ下げするだけ。実質一時間も働いていないじゃないかというのが松本の言いぶん」

「間違いなく見たと、彼女は明言していましたね」

「アヤミちゃん、言っていました。宿に着いたとき、タドコロさんはひとりじゃなかった。小学校四、五年生くらいの男の子と一緒だった。予約はひとりなのにおかしいな、と首を傾げながら、おじいちゃんに報告をし、蒲団をふた組用意した」

「息子は小学五年生の夏に死にました」

信号は青になりました。後部座席の会話に、これまで以上に耳を傾けながら、僕はタクシーを発進させます。

妖怪とか幽霊とか宇宙人とかUMAといった類の話、タドコロさんの息子さんと同様、僕も好きなんですよね。

「ぼくには見えない。見えないけれど、息子が一緒なんだ。そばにいるんだ。ぼくは信じました。信じたいんです」

「わかります。信じたい。自分には見えなくてもね」

こほん、と軽い咳払《せきばら》い。僕ははっとしました。後ろの会話に気を取られるあまり、助手席の女性の存在を忘れていました。

「息子の墓、今年も妻が来ていたようです。墓のまわりは雑草もなく、菊の花が供えられていました。毎年そうです。おそらく午前中に来ていたんでしょう」

タクシーはH山通りの交差点に差しかかりました。左折すれば駅前に出ます。目的地はもうすぐのはずです。

「妻や息子と暮らしていたのは、T埠頭《ふとう》に近いマンションでした。離婚する直前は、会話などほとんどなくなっていたんですが、ちょうど一周忌のころ、妻が言っていたんです。ベランダに置いてあった植木鉢のひとつに、はまなすの花が咲いた。別の花が枯れてしまったあと、土を入れたままにしておいた植木鉢だそうです。種子も植えていないのに、はまなすが咲いた。きっと、この花は息子のおみやげなんだ。息子が帰ってきてくれたんだ。妻はそう言い張っていました。ぼくは詳しくないんですが、海辺に咲く花なんだそうですね、はまなす。息子が死んだT海岸にもたくさん咲いているそうです」

H山の地下鉄駅に近づきます。スピードを落としてバックミラーを覗き込みました。話の邪魔はしたくありませんが、目的地を確かめなければなりません。

「次です」タドコロさんは気づいてくれました。「次の角を右に曲がってください。その先、ふたつ目の角をまた右折です」

「はい」

僕は指示に従いました。

「そのとき、ぼくは妻の言葉を信じませんでした。それどころか、鼻で笑ったんです。くだらないことを言っている。このマンションだって海が近いんだから、たまたま海辺の花が咲くこともあるだろう。息子が帰ってくるはずなどない。愚かな自己満足に浸っている哀れな女だと、せせら笑った」

タクシーは一方通行の細い道路をゆるゆると走っていきます。

「哀れなのはぼくだった。今では妻を笑う気にはなれません」

「帰ってきていたんですね、息子さん」

「ぼくが信じなかっただけで、信じていれば違った。妻との関係も含め、もっと違った二十年が過ごせたのかもしれない」

「信じるために、二十年という歳月が必要だったのかもしれませんよ」

「そうですね。そうかもしれない」

タドコロさんが軽く右手を挙げました。

「運転手さん、ここです。このマンションです」

料金千三百八十円。

「お誘いしたのはぼくです。ぼくが払います」

「いや、そんなわけにはいきません。おれも払います」

「いやいや」

「いやいやいや」

「いやいやいやいや」

しばしのいやいや交渉ののち、タドコロさんのクレジットカードが出され、タドコロさんと吉津さんは降りていかれました。

助手席の女性？　いなくなっていました。いやいや交渉のあいだに降りたのかな？　乗ったときから降りるときまで静かな女性でした。

僕としては、Q山温泉に行ってみたくなりました。松本さんというご主人の経営する宿に泊まってみたい。

座敷わらしはともかく、つちのこがいるかもしれないんでしょう？　そんな宿、なかなかありませんよね？

【第三の運転手】

吉津さん、私も乗せたな。

つい先日だった。七月最後の週の水曜日。朝の九時少し前。K町三丁目でしょう？　S坂下交差点の横断歩道から乗ってきたし、間違いない。

でもね、四人連れだったよ。女性ふたりと男性ふたり。覚えているのはね、ちょっと変だな、と感じたからなの。若めの女性は半袖のワンピース、いちばん年かさの男性はTシャツにジーンズで、夏らしいカジュアルな服装だったんだけど、あとのふたりがね。女性はセーターを着ていて、男性がスウェットの上下なの。あの日は曇りだったけど、朝から三十度を超す気温だったのに、まるで冬みたいな厚着だった。カジュアルを通り越して、部屋着のまま外に出てきた風なんだもの。

「T総合病院までお願いします」

行く先を告げたのは、強面のがっちりした最高齢男性。このひとが吉津さんでしょう？　若めの女性が助手席に座って、あとの三人は後部座席。運転席の真後ろにセーターの女性。続いてスウェット男性、助手席の後ろに吉津さんが乗り込んだ。

その間、互いにひと言もない。みな、流れるように自然に定位置にはまった感じ。

「今日も朝から暑いですね」

言うと、吉津さんは背もたれに身を沈めて、悠然。肩にかけた青いボディバッグからタブレットを取り出して、画面に視線を落とした。

「最高気温、今日も四十度近いらしいですよ」

言葉を返して、私は自動車を発進させた。

「真っすぐ行って、H通りに入りますね」

「任せます」

吉津さんはタブレット画面を見たまま答えた。顔も四角いし肩も張っている。後ろにいるセーター女性もだいぶ横幅が広い。挟まれたスウェット男性はかなり窮屈そうだった。

「吉津さん」

後部座席の女性が、助手席の女性に話しかけた。

「あんないわくつきの店舗だとは知らなかったんでしょう？　悪いことをしたね」

私はバックミラーでそっと確かめてみた。色白で丸顔、全体的にまるくやわらかい印象の女性だ。おもちとかすあまとか、和菓子っぽい。薄いピンクのセーターにあずき色のレギンスで、桜もちカラーだからかな。

「ま、知らなくてよかったのかも。知っていたらさすがに商売をしたいとは思わないよねえ」

私は助手席の女性に視線を向けた。無言のまま微苦笑している。吉津さんのご身内なのだろう。娘さんだろうか。

「吉津さんも、よく買い取る気になってくれた。普通だったらねえ」

後ろの和菓子女性は、タブレットに見入る吉津さんの横顔をちらりと窺った。

「ぜったい住みたくないだろう」

カーキ色のスウェット男性がぼそぼそと口を挟んだ。胸には浅草雷門の大提灯が描かれている。みやげものまる出しのデザインだ。

「ことに風呂場はな。ぜったいに、ぜったいに使いたくないはずだ」

「あんたのせいで汚れたからね」

「な。おまえらだろ」浅草男性が憤然と向きなおった。「おれは為《な》すすべもなかった。被害者だ。おまえらのせいじゃないか」

「被害の前の、おのれの加害行為を考えな」

和菓子女性は冷然と応じた。やわらかそうな雰囲気とは正反対。このふたり、夫婦なのかな。今にも口喧嘩になりそうな雲行き。困るなあ。

少し前、やはり夫婦らしき中年の男女に、車内で口論をされたんだよ。深夜近くで、男女ともけっこう酔っていた。はじめのうちはご機嫌よく言葉を交わしていたんだけどね。今の言い方はなに？　別にそういう意味じゃない。いいえそういう意味でしょう？　考えすぎだ言いがかりだ。へえ、そうやってあたしのせいにするわけ？と、見る見るうちに険悪になった。言葉の応酬だけじゃなく、つかみ合いになりかけたところで、さいわい目的地のマンション前に着いた。わめき合うふたりのあいだに、着きましたご乗車ありがとうございますって大声で割り込んで、さっさと降りてもらったけどさ。あのひとたち、家に帰って仲直りをしたのかな。ああいうの、本当に困る。痴話喧嘩を他人《ひと》前で公開するのって、ある種の露出プレイだよ。タクシーの中でいちゃつく手合いと同じ。自粛してほしい。

「無理に同行しちゃって、すみませんね」

和菓子女性が口調を朗らかに変え、助手席の女性にふたたび言葉をかけた。

「富美ちゃんが、吉津さんの通院するT総合病院に入院していたなんて。縁だねえ」

なるほど、吉津さんたちは通院とその付き添いで、和菓子と浅草コンビは病院へ見舞いに行くのか。

「富美ちゃんは、おつとめを済ませたあとは、K町二丁目のアパートに住んでいた。吉津さんのお弁当屋にもよく来ていた」

吉津さんはお弁当屋の経営者なんだな。その店舗の昔の所有者が和菓子と浅草コンビだったわけか。なるほどなるほど。

「お得意さんになっている。ああ見えてけっこう食い意地が張っているんだ」

和菓子女性も浅草男性も平静に戻っている。よかった。

「からあげ弁当やのり弁当、おにぎり。吉津さんのお店で出している品目は、ほぼ全種類制覇したんじゃないかな。やせているのにね。あたしも食べるのは大好きだけど、しっかりふとった」

和菓子女性の言葉に、助手席の女性が深々と頷いた。私も同じだ。食べればもれなく増量する。富美ちゃんというふとらない体質のひとがうらやましい。

「ハンバーグ弁当以外はな。ひき肉はさすがに食べる気になれなかったんだな」

浅草男性が皮肉な口調になる。お弁当の話を聞いているうちに、少しおなかが空いてきた。食べたいな、ハンバーグ弁当。

「あんたのせいでね」

「おまえらだろ。おまえらが勝手に」

「最終的にはのり弁が気に入ったみたいだね。リピートしていた。お店のポイントカードもお財布に常備していた」

「富美子は、ポイントとかクーポンとか、お得なサービスが好きなんだよ。おみやげをもらうみたいで楽しいと言っていた」

「富美ちゃんは、あれからも、オガワ堂から離れず生きていたんだ」

和菓子女性が感に堪えないように言った。

「ひとりきりでね。ずうっとあたしやあんたのことを思いながら生きていた。おもしろい縁だよ」

「とんだ悪縁だった」

「悪縁だよ。だけど、おもしろいじゃないか」

「おもしろくない。ひどい目に遭ったのは俺だ」

「ひどい目に遭ったのはあたしや富美ちゃんも同様だ。そもそもはあんたが原因なんだしね」

「また俺ひとりのせいにする気だな」

「事実を述べているだけだよ。あたしという妻のいるあんたが富美ちゃんを好きになって言い寄った。それが悪縁のはじまりだったんだもの」

T総合病院までは、K通りを直進し、やがて道なりにH通りに入っていく。単純な道筋だ。そうでなければうっかり進路を間違えてしまっていただろう。

和菓子女性と浅草男性と富美ちゃん、ありがちとはいえややこしい不倫の三角関係だ。和菓子女性と富美ちゃんが友人同士で、浅草男性がふたりに手を出したっていうことだろうか。

いずれにしろ、ますますバックミラーから眼を離せない会話になってきた。

「とんでもない男だと思わない、運転手さん？」

和菓子女性が急に話を振ってきた。

「運転手さんも女性なのね。だったらよけいにわかってくれるはず。悪いのはこの男でしょう？」

和菓子女性はにやにやしている。同じ女性でもいろいろ立場ってものの違いがあるんだけどね。しかし私としては無難に話を合わせるしかなかった。

「そうですね。不倫はいけませんね」

タブレットを見ていた吉津さんが弾《はじ》かれたように顔を上げた。

「なに？」

「不倫はいけません。奥さんを傷つける」

「そうだ。いけない」吉津さんが戸惑ったように応じる。「いけないですよ」

「ほらごらん」

和菓子女性が、わはははは、と豪快に笑った。とても大きな声だった。

「判決。悪いのはあんた」

浅草男性は、細い肩をすぼめていよいよ細くした。

「本当に悪縁だ。忘れたい」

「忘れれば済むとでも？　忘れられるはずがない。悪縁がはじまりで、終わりだった。いや、今日、やっと終わるのかもね」

和菓子女性は笑いを止めて、真顔になる。

「それまでもちょこちょこ浮気はしていたみたいだけど、あんたのことをちゃんと好きになってくれたのは富美ちゃんだけだよ。浅草シリーズだって、富美ちゃんのおみやげでしょう？」

I坂上の交差点からH通りに入った。

「富美子は変わり者だからな。いかにもおみやげです、みたいなべったべたなデザインが好きなんだそうだ。でも、出不精で、旅行にはめったに行かない。それで年に二回、夏と冬、会社の飲み会で集まるという浅草で買ってきてくれていた」

「変わり者だからあんたなんか好きになっちゃったんだね。べったべたな駄目男。可哀想に。けど、浅草シリーズはあんたの趣味にも合ったんでしょう？　しょっちゅう着ていたじゃないの」

「べつに合ってないよ。でも、着て歩いていると、すれ違いざま若い女の子がにこにこするからさ。女にはそれなりに受けるデザインなのかと思っていた」

「べったべたにへんな服を着たべったべたにへんなおっさんだってあざ笑われていただけだよ。おめでたい男だね」

「着ていると富美子も嬉しそうだった」

「そりゃそうだよ。自分が贈ったものを喜んで使ってくれている。嬉しくない人間はいないよ」

虫よけの可能性もあるなと私は思った。べったべたなみやげ服を着ていれば、なみの女は近づくまい。

「富美子を迎えに行くなら、おまえひとりで行けばいいだろ」浅草男性はぼそぼそと言った。「俺は行かない方がいいんじゃないか？」

どうやら見舞いではないようだ。迎えに行くということは、富美ちゃんは退院するのかな。泥沼不倫三角関係同士で退院のお迎え。すさまじい話だな。また病気がぶり返しそうな気もする。

「富美ちゃんは、あたしにも、あんたにも会いたいと思っている。あんたが行かないわけにはいかない」

和菓子女性の言い方は確信に満ちていた。

「おまえたちだけで勝手に意気投合しやがって。俺は憎まれ役じゃないか」

「そりゃそうだ。あたしと富美ちゃんは、いわばあんたの被害者友の会だもの」

「な」浅草男性がにわかに色をなした。「なにが被害者だ。ずうずうしい。おまえは歴《れっき》とした加害者だろ」

声を荒げる。私は首を縮めた。またあやしい雲行きだ。

「ずうずうしいのはあんただ。加害の前にあたしが受けた被害を考えな」

「おれの加害なんて、うまくいったらいいな、くらいのささやかなひと押しに過ぎなかったじゃないか」

「ささやか？　あくまで責任逃れをする気だね。卑怯《ひきょう》な男だ。ひと押しはひと押しだよ。しかも何度も何度も押してきやがってさ。うまくいこうがいくまいが、あたしは被害者だ。おふざけじゃないよ」

バックミラーで後部座席の様子を窺《うかが》う。吉津さんは動じずタブレットから眼を上げない。続いて左側。助手席の女性も静かな表情で前を見ている。このふたりが言い合うのに慣れているのだろうか。

「そもそも被害もなにもない。けろっとしていたじゃないか。おまえは不死身か」

「運がよかった。あんたのよこしまな連続押しから、神さまが守ってくれたんだ」

「神なものか。悪魔と契約していたんだろう。この大福が」

大福って。バックミラーのなかで、和菓子女性は冷ややかな笑いを頬に浮かべた。

「おやきにされたい？」

ひと言。どんな魔法の呪文かわからないが、浅草男性はたちまち悄然《しょうぜん》としてしまった。

「運転手さん、好きなひとはいる？」

和菓子女性がまた話を振ってきた。しかも、かなり返事に窮する質問だ。いるといえばいる。でも、私は離婚歴あり息子と娘を抱えてこうしてタクシー稼業で稼ぐ身で、相手は十も齢下の大学院生。要するにそれなりの事情《わけ》あり。現在のところ私たちに明日はない。などと塩辛い事実を塩辛い顔で打ち明けるわけにはいかない。

また無難に受け流すしかなかった。

「大昔はいましたが、今はいませんね。好き、なんて感情、ずいぶんご無沙汰していますよ」

「え？」

吉津さんがびっくりした表情で顔を上げていた。

「ひとを好きになるのも、若いころは簡単でしたけど、年齢をとってくるとなかなか難しいですね」

私が言うと、吉津さんは驚いた顔のまま首を縦に振った。

「そうですね。難しい」

「好きって感情はいい面ばかりじゃない。負の思いをたっぷり引きずってくる。それを知っているだけに、好きになるのが怖くもあります」

「おっしゃるとおり、おっしゃるとおり」

吉津さんはがくがくと首を縦振りする。私、そんなに妙な発言をしているかな。なぜあんなに硬直しているのだろう。

「運転手さんの言うとおりだよね。好きになれば負の思いを連れてくる。すべての悪のはじまりだよ」

和菓子女性は自嘲するように口もとを歪《ゆが》めた。

「悪縁のはじまりだな」

浅草男性が弱々しく呟いた。

「忘れたいけどさ。あたしも大昔、あんたが好きだったみたい」

「忘れたんだろう。だからこうなった」

「そう、忘れた。そうなっちゃった。あんたもあたしも、こうなるしかなかった。

富美ちゃんもね」

行く手にT総合病院の白い建物が見えてきた。

「起きちゃったことは仕方がない」

「そう、変えられない」

「富美ちゃん、あれから頑張ったよ。ひとりきりで、一生懸命に働いて、病気になって倒れて。今日、ようやく楽になれるんだ。やさしく迎えてやりたいね」

「おかしな悪縁だ、まったくな」

T総合病院に着いて、吉津さん一行は降りていった。

千八十円。支払いは吉津さんだった。そそくさと、私と視線を合わせぬよう降りていった。なにか気を悪くさせるようなことをしたかな。思い当たらない。

吉津さん一行が降りてからすぐ、おじいさんのふたり連れを乗せた。浅草雷門まで。ちょっとおもしろい偶然だよね。

その日の稼ぎは、平日にしてはすごくよかった。夕方までずっとお客さんが切れなくてね。おなかが空いてきたな、と思ったころ、乗ってきたお客さんの目的地が、何とK町三丁目。朝に吉津さん一行を乗せたS坂交差点だった。

偶然に次ぐ偶然。これはもう運命だよ。

で、私、吉津さんのお弁当屋を探してみたんだ。見つけた。一見、お弁当屋には見えない、薄黄色の庇。洋菓子屋みたいな外観で、見落とすところだった。だいぶ古ぼけてはいたけれど、クリーム色の壁と白い床でショーケースもケーキ屋っぽかった。意外だけど、これって吉津さんの趣味なのかな。

夜ごはんに、ハンバーグ弁当を買って食べた。店番をしていた女の子の愛想はあんまりよくなかったけど、ハンバーグもつけ合わせのポテトサラダもおいしかったよ。近くを通ったらまた行きたい。次は子どもたちや彼氏にも買って帰ってあげよう。

おみやげにね。

【第四の運転手】

おれの知り合いです、吉津さん。

もともと、おれは吉津さんのお弁当屋のお客だったんです。顧客《おとくい》さんを送ったとき、たまたま見つけて入ったんですが、大当たり。構えは小さいけれど、いい店なんですよ。安くて量が多くて味もうまい。

吉津さん、顔は怖いけど、できたご主人です。おつりを手渡すたび、三十万円ですとか五十万円ですとか、にこりともしないで昭和の冗談を繰り出してくるのも味がある。

去年、吉津さんが病気で入院し、娘さんが店を任されるようになりました。退院後、療養期間を経て、体調はすっかりよくなっているらしいですが、吉津さんはほぼ隠居状態みたいですね。調理をいくらか手伝うくらい。店先に立つのはもっぱら娘さんです。

娘さん、ひなたさんっていうんです。

おれとは、ちょっとずつ、個人的に深い関係になりつつあり。いや、まだ、ぜんぜん深くはないんです。お互い丁寧語で話していますしね。ただ、徐々に仲が良くなってきたといいますか。いろいろ話をしたり、一緒に食事をしたりして、親しさを増しつつある。そんな感じです。

違います。吉津さんとじゃないですよ。親しさを増しつつあるのは、ひなたさんとです。そりゃ、いずれは吉津さんとも親しさを増した方がいいかなとは考えていますけど、今はまだ。ひなたさんだけで手いっぱいです。

実は、つい昨日の話ですけどね。吉津さんとひなたさん、おれのタクシーに乗せたばかりなんですよ。八月十一日から十五日まで、お弁当屋はお盆で休むから、親子ふたりで旅行へ行くんだそうです。行く先はQ山温泉。あんまり聞いたことのない温泉地ですが、吉津さんの幼友だちが民宿を経営しているんですって。かなりの山奥らしくて、電車を乗り継いで三時間くらいかかるみたいですよ。朝いちばんの特急の切符を取った。T駅まではタクシーを使うつもりだというので、だったらおれが乗せますって、ひなたさんに言ったんです。

料金はいただきました。サービスしたってよかったんですが、それはいけないとひなたさんが主張したんです。お弁当だっていつも買ってもらっている。そのあたりはきっちりしておきましょう。しっかり者ですよ、ひなたさん。

で、朝六時ちょっと前、おれのタクシーの後部座席には、ひなたさんと吉津さん。助手席にもうひとり、女性が乗りました。

「おはようございます」

挨拶をしたひなたさんは眠そうで、吉津さんの眼もとろとろしていました。

「早くからすみません」

「いいえ、こちらこそ」

ひなたさんとおれが親しさを増し増していることを、吉津さんがどこまで知っているのか。よくわからないので、おれはひなたさんにも吉津さんにもなるべく話しかけないようにしました。

「まずB駅で乗り換えだからな」

「わかった」

「うっかり寝過ごすなよ」

「おとうさんこそ」

「Q山は、温泉以外は山と林道しかなくてつまらないところだが、つちのこが見られるかもしれん」

「はいはい」

「座敷わらしもだ」

「はいはい。それよりも、松本さんに借りて、オセロでもしようよ。温泉以外は山と林道しかなくてつまらないんでしょ？」

「オセロだけはやらん。ぜったいに厭だ」

ひなたさんと吉津さんは、そのくらいの会話をぽつぽつ交わしただけで、すぐ静かになりました。

助手席の女性？

吉津さんの娘ではないです。吉津さんの娘はひなたさんだけです。

助手席の女性は、奥さんなんです。

そうです。自動車事故で若くして亡くなった、吉津さんの奥さん。

＊

あと五分もすれば着くんですが、ふたりとも寝ちゃいましたね。やはり疲れがたまっているんでしょう。

「木村さんには見えるし、こうしてお話しもできるのに、不思議ですね」

ねえ、不思議ですよね。奥さんの姿って、ひなたさんにもおやじさんにも、本当に見えていないんですか？

「ぜんぜん。姿も見えないし、声も聞こえない。夫は勘が鋭いひとだけど、そっちの感はまるきりないみたいです。ひなたも同じ」

タクシーの運転手仲間は、けっこう見ているようですよ。

「そうですね。運転手さんには見えていることが多いです。この運転手さんには見えているんだな、とわかっても、私は口を開かないようにしています。うっかり話しかけたら、運転手さんは普通にお返事しますよね。そうすると夫が混乱します」

そりゃ、自分には聞こえてないのに、いきなりなにか答えられたら驚きますよ。

「このあいだも、そんなことがあったばかりです。それまで会話もなかったのに、突然、運転手さんが深い話をはじめたものだから、夫はほとんど怯えていました」

おやじさんからしたら、あぶない運転手だとしか思えないですよね。

「こうしてそばにいても、姿は見えない。声も届かない。寂しいですね」

感があればいいんでしょうか。波長でしょうか？

「もしかしたら、血縁や関わりを持たない相手の方が、かえって波長が合うのかもしれません」

田所くんはそうだったかな。以前、はじめて奥さんとお会いしたときもそうでした。でも、まったく関わりがないとは言えないですよ。田所くんとは臨海学校の同じ宿舎つながりだし、ひなたさんや吉津さんのお弁当屋へも通っていました。

「木村さんには感があるということでしょう。でないと、やはり話したり触れ合ったりするわけにはいかないものなのね」

生きていないと、ですか？

「そう、生きていないとね、お互いに」

お互いに、ですね。寂しいな。

「悲しいですね」

着きましたよ、ひなたさん、おやじさん。

＊

行ってらっしゃい。温泉、楽しんで来てください。

え、これ、お弁当？　おれに作ってくれたんですか。嬉しいなあ。ありがとうございます。これから旅行へ行くという忙しい朝にすみません。それでよけいに眠そうだったんですね。すみませんすみません。

ハンバーグ弁当ですか？　え、焼き肉も目玉焼きも入っている？　ポテトサラダもきんぴらごぼうも？　めちゃ豪華じゃないですか。すごいな。お昼が楽しみだ。

おやじさんも手伝った？　すみませんすみませんすみません。え、三千万円？　た、高価《たか》いな。

冗談？　わかっていますよ。冷蔵庫の残りものを片づけるために、自分たち用も作ったついでだった。商品じゃないからお代は要らない？　そんな、だったらおれだって乗車料金は要りませんよ。いやいや、そんなわけにはいきません。

いやいや、いやいや、いやいや。

Q山のおみやげですか？

何でもいいです。とにかく、無事に元気な顔を見せてください。ひなたさん。あ、おやじさんも。

おれのために、ひなたさんがつちのこを捕獲するはず？　おやじさん、それはおれじゃなく、人類全体へのおみやげですよ。UMAじゃないですか、つちのこは。

そんなスケールがでかいおみやげはおそれ多いです。

なにごともなく、元気に帰ってきてください。帰ってくる日は連絡をください。

T駅まで迎えに来ます。

待っています。ひなたさん。ああ、おやじさんもですよ。もちろん。

＊

あなたが無事で、笑っていてくれること。

おれにとっては、それが、いちばんのおみやげです。

このたびは、ロータス交通をご利用くださいまして、ありがとうございました。